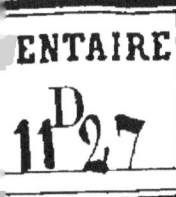

NOUVEAU MOIS

DE

SAINT JOSEPH

PAR

L'ABBÉ M. BERLIOUX

Curé de Saint-Bruno

Avec l'approbation de Monseigneur l'Evêque de Grenoble.

GRENOBLE

AUGUSTE COTE, LIBRAIRE

5, rue Brocherie, 5.

1872

SAINT JOSEPH

Patron de l'Eglise catholique

OU

MÉDITATIONS PRATIQUES

Sur la vie, les vertus et les prérogatives de saint Joseph,
pour chaque jour du mois de mars

PAR

L'ABBÉ M. BERLIOUX

Curé de Saint-Bruno de Grenoble.

GRENOBLE

A la LIBRAIRIE CATHOLIQUE et CLASSIQUE D'AUGUSTE COTE

5, rue Brocherie, 5.

1872

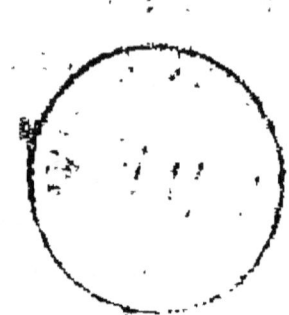

7773. — Grenoble , imprimerie et lithographie
de Maisonville et fils.

LETTRE

DE

M. FRANCE, Curé-archiprêtre de Saint-Louis de Grenoble, Chanoine honoraire.

MON CHER AMI,

Je viens de lire le manuscrit que vous m'avez communiqué sur saint Joseph, et je m'empresse de vous dire que je l'ai trouvé plein de doctrine, d'onction et de piété. D'abord, j'aime beaucoup votre plan et votre méthode : chaque jour, vous nous présentez un sujet de méditation bien choisi et divisé en deux points. Les divisions sont claires et naturelles, et chaque point se termine par des considérations pratiques qui sont le résumé et l'application des réflexions précédentes. Vient ensuite un exemple ayant trait au sujet de la méditation et d'autant plus intéressant qu'il est presque toujours extrait d'événements contemporains. Enfin, vous terminez par une courte et fervente prière au saint Patriarche. Ainsi chaque chapitre est complet sans être long. — J'ai vu avec plaisir que, dans ces sujets de méditation, vous ne vous êtes pas borné, comme on le fait trop souvent aujourd'hui, à des phrases vagues et sentimentales, mais qu'il y a dans ces développements une doctrine solide, pratique et pleine d'actualité. C'est ainsi que vous nous démontrez très-bien que la dévotion à l'angélique Epoux de Marie est le remède le plus efficace aux trois grands maux de notre époque : l'amour effréné des richesses et des plaisirs, la désorganisation de la famille, la démoralisation de la classe ouvrière. En effet, la méditation de la vie pauvre et obscure de la sainte Famille, l'exemple du Charpentier de Nazareth et de son divin *Apprenti* sont bien propres à cicatriser la triple plaie que vous signalez. De cette manière votre ouvrage est un véritable traité des vertus et des devoirs de la vie de famille et de l'ouvrier chrétien.

C'est à tort, mon cher ami, que vous me dites : *Non cognovi litteraturam.* Votre style est simple, clair, concis, sans redondance et sans trivialité, mais il n'est pas non plus sans élégance. Aussi, je puis vous dire que la lecture de votre composition, bien loin de me lasser, m'intéressait davantage à mesure que j'avançais dans ma course.

Vous vous proposez, ajoutez-vous, un double but dans votre travail : 1° faire connaître et aimer le saint Patron de l'Eglise universelle; 2° acheter, avec le produit de l'ouvrage, si Dieu le bénit, la première pierre de la construction de votre église, œuvre que vous poursuivez depuis huit ans. — Le premier sera certainement atteint, je vous le garantis; car votre livre est trop pieux, il développe trop bien les motifs que nous avons d'aimer le *bon saint Joseph,* pour que vous ne réussissiez pas à augmenter son amour dans le cœur de vos lecteurs.

Quant au second, je vous le garantis encore. Saint Joseph vous doit le succès en échange du zèle que vous avez pour lui. Ayez confiance, il vous donnera sûrement votre pierre.

Daignez agréer, cher ami, mes plus sincères félicitations.

FRANCE,
Curé-archiprêtre. Chanoine honoraire.

Grenoble, le 10 janvier 1872.

RAPPORT

DE

M. l'abbé MUSSEL, Directeur du Grand Séminaire

J'ai lu avec un vif intérêt les méditations de M. le Curé de Saint-Bruno sur saint Joseph.

Le fonds m'en a paru solide, la forme simple et attachante, la doctrine exacte, les leçons éminemment pratiques.

Elles nous semblent résumer d'une manière intéressante, instructive, claire et onctueuse ce qu'on peut dire de plus édifiant et de plus pratique sur les grandeurs et les priviléges, sur les vertus et les mérites de saint Joseph, aussi bien que sur la gloire et le crédit dont il jouit dans le Ciel.

Les enfants et les jeunes gens, les pères et les

mères de famille, les maîtres et les serviteurs, les chefs d'ateliers et les ouvriers, les personnes pieuses, tous les âges et toutes les conditions y trouveront des instructions, des encouragements, des consolations et des exemples.

En conséquence, nous croyons que ce travail, si Monseigneur veut bien approuver qu'il soit livré à l'impression, contribuera à exciter et à propager une dévotion aussi solide et éclairée que fervente envers le grand Saint auquel il est consacré.

L'abbé F. MUSSEL.

15 janvier 1872.

APPROBATION

DE

Monseigneur l'Evêque de Grenoble.

Sur le rapport qui nous a été fait par M. l'abbé Mussel, chanoine honoraire et directeur de notre Grand-Séminaire, nous autorisons l'impression et la publication du livre intitulé : *Saint Joseph, patron de l'Eglise catholique*, et nous le recommandons au zèle du clergé et à la piété des fidèles.

✝ JUSTIN,
Evêque de Grenoble.

Grenoble, le 17 janvier 1872.

DÉCRET : URBIS ET ORBIS

De même que Dieu établit Joseph, fils du patriarche Jacob, gouverneur de toute l'Égypte pour conserver au peuple le froment nécessaire à sa subsistance, — ainsi, lorsque furent accomplis les temps où l'Éternel allait envoyer sur la terre son Fils unique pour racheter le monde, il choisit un autre Joseph dont le premier était le type, il l'établit Seigneur et Prince de sa maison et de ses biens; il l'élut gardien de ses principaux trésors. Et Joseph épousa l'Immaculée Vierge Marie, de laquelle, par la vertu de l'Esprit-Saint, naquit Notre-Seigneur Jésus-Christ, qui daigna être réputé, auprès des hommes, fils de Joseph et lui fut soumis. Et celui que tant de Rois et de Prophètes avaient désiré de voir, Joseph non-seulement le vit, mais conversa avec lui, le tint dans ses bras avec une paternelle affection, le couvrit de baisers et veilla, avec la plus grande sollicitude, à la subsistance de Celui que le peuple fidèle devait recevoir comme le pain descendu du Ciel et l'aliment de la vie éternelle.

A cause de cette sublime dignité que Dieu conféra à son très-fidèle serviteur, l'Église eut toujours le Bienheureux Joseph en très-grand honneur après la Très-Sainte-Vierge, son Épouse, le combla de louanges, et recourut à lui dans ses plus grandes angoisses. Et comme en ces tristes temps, l'Église assaillie de tous côtés par ses ennemis, est sous l'oppression de telles calamités que les impies se persuadent déjà qu'il est enfin venu le temps où les portes de l'enfer prévaudront contre Elle, — les Vénérables Évêques du monde catholique tout entier ont humblement prié le Souverain-Pontife, en leur nom et au nom des fidèles confiés à leurs soins, de daigner déclarer saint Joseph Patron de l'Eglise catholique.

Ces prières ayant été renouvelées plus vives et plus instantes lors du saint Concile œcuménique du Vatican, Notre Saint-Père Pie IX, profondément ému par les derniers et déplorables événements, voulant se mettre d'une manière spéciale, lui et tous les fidèles, sous le très-puissant patronage du saint Patriarche Joseph, a voulu exaucer les vœux des Vénérables Evêques. C'est pourquoi il a solennellement déclaré saint Joseph PATRON DE L'ÉGLISE CATHOLIQUE, et il a ordonné que la fête du Saint, au 19 mars, soit désormais élevée au rite double de première classe, sans octave toutefois à cause du Carême. Il a prescrit, en outre, que la déclaration qui en est faite par le présent Décret de la Sainte-Congrégation des Rites, soit publiée en ce jour consacré à l'Immaculée Vierge Mère de Dieu et Epouse du très-chaste Joseph. Quoi que ce soit n'y devra faire obstacle.

Le 8 décembre de l'an 1870.

> CONSTANTIN, *Evêque d'Ostie et de Velletri*;
>
> Cardinal PATRIZI, *Préfet de la Sacrée-Congrégation des Rites*;
>
> D. BARTOLINI, *Secrétaire.*

MOIS
DE
SAINT JOSEPH

VEILLE DU MOIS DE MARS

1ᵃ Motifs de sanctifier ce Mois. —
2ᵒ Moyens de le bien sanctifier. —

P REMIER POINT. — La piété des fidèles ayant consacré un mois chaque année à vénérer le mystère de Jésus enfant, et un autre à célébrer les grandeurs de sa divine Mère, il était convenable qu'on rendît le même hommage à l'homme *juste* qui a mérité d'être l'Epoux de la Reine des Anges et le Père nourricier de Jésus. C'est ainsi qu'après le mois de la Sainte-Enfance et le mois de Marie, nous avons le *Mois de saint Joseph*.

Vous devez donc, âme chrétienne, honorer, durant ce Mois, saint Joseph d'un culte particulier. Vous le devez à Jésus, votre modèle, qui a honoré Joseph comme son père pendant près de trente ans. Vous le devez à Marie, votre divine Mère, qui a honoré Joseph comme son Epoux et son Gardien. Vous le devez à Joseph lui-même, qui, après Jésus et Marie, se présente à vous comme le *juste* le plus accompli, le saint le plus privilégié. Enfin, vous le devez à vous-même, âme chrétienne. Vous avez besoin, n'est-il pas vrai? d'un guide dans la voie du salut, d'un consolateur dans vos peines, d'un protecteur à l'heure de la mort. Eh bien! saint Joseph sera pour vous ce guide éclairé, ce consolateur charitable, ce protecteur puissant. « Il peut nous secourir, disent saint Bernard et sainte Thérèse, dans toutes nos nécessités spirituelles et temporelles; il nous accorde même au-delà de nos demandes. »

Dans une circonstance récente et solennelle, l'auguste Pie IX a recommandé à tous les catholiques de l'univers de s'adresser avec confiance à ce saint Patriarche, et il l'a proclamé solennellement le *Patron de l'Eglise universelle.* — Oh ! embrassons donc avec joie une dévotion si agréable à Jésus et à Marie, si chère au cœur du Souverain-Pontife et si salutaire pour nous. Le voici, ce Mois bien-aimé ; il va commencer, et il sera pour nous, comme celui de Marie, un Mois de bénédictions, de grâces et de faveurs sans nombre. — O saint Joseph ! ô mon Père ! oui, je vous l'offre, ce Mois chéri ; faites que je sanctifie tous ses jours et que j'en retire les fruits les plus abondants.

DEUXIÈME POINT. — Comment devons-nous passer ce beau Mois? Les vertus de notre saint Patron seront l'objet de nos méditations de chaque jour. « Si vous aimez saint Joseph, dit saint Ambroise, imitez ses vertus. » Elles sont dans son cœur comme les fleurs d'un riche parterre, qui ont besoin, pour être bien connues et appréciées, d'être considérées séparément. Frappés de l'éclat de ces vertus, nous louerons le Seigneur dont la grâce les a fait éclore, et nous nous sentirons animés du désir de les imiter. — Ayons dans notre appartement une petite statue ou une image de saint Joseph, devant laquelle nous réciterons avec amour, matin et soir, la prière du chrétien. Un enfant est si heureux près de son père ! — Assistons tous les jours à la sainte messe, s'il est possible ; au moins chaque mercredi, jour spécialement consacré à saint Joseph, et faisons-le avec dévotion. — Disposons-nous à faire au moins une communion dans ce Mois en l'honneur de notre saint Patriarche ; offrons-la pour obtenir par son intercession la grâce d'une sainte mort et le soulagement des âmes du purgatoire.

Telles sont nos résolutions ; déposons-les aux pieds de saint Joseph, et prions-le instamment de les agréer, de les bénir et de nous aider à les mettre en pratique.

EXEMPLE

Dans une paroisse du diocèse de Grenoble, une pauvre femme restée veuve avec ses trois enfants, s'appliquait à élever chrétiennement sa famille. Elle eut la douleur de voir son fils aîné revenir de Paris, où il était allé se perfectionner dans son métier, avec une santé ruinée et une âme pervertie par les mauvaises compagnies. Nouvelle Monique, elle ne cessait, avec sa pieuse fille, de prier et de pleurer pour le salut de ce prodigue. Comme elles avaient l'habitude de faire le Mois de saint Joseph, elles le commencèrent cette année avec plus de ferveur que jamais pour obtenir la conversion qu'elles désiraient si ardemment. Le jeune impie étant rentré le jour de l'ouverture, demande ce que signifie l'oratoire improvisé : — « Mon cher enfant, répond la mère, nous commençons le Mois de saint Joseph et nous le faisons pour obtenir ta conversion. » L'insensé se met à rire, se moquant de l'objet et du but de cette dévotion. Le lendemain et les jours suivants, il revient à la même heure, riant toujours du spectacle pieux qu'il a sous les yeux. Mais, quelques jours après, il ne rit plus et paraît sombre, préoccupé. Il écoute la lecture, se découvre et fait un signe de croix. Le lendemain, on aperçoit des larmes dans ses yeux et on l'entend s'écrier : « Saint Joseph, ayez pitié de moi! » Puis, s'adressant à sa mère et à sa sœur, il leur dit en sanglotant : « Ah! que je suis malheureux d'avoir abandonné la religion, et que vous êtes heureuses vous autres qui la pratiquez si bien ! Je n'y tiens plus, je veux changer de vie et redevenir chrétien ; j'espère que saint Joseph, que vous avez tant invoqué pour moi, m'en obtiendra la grâce et le courage ! » Il se confessa et reçut le pain eucharistique avec une grande piété. Après quelques années d'une vie exemplaire, il tomba dangereusement malade, et, muni des Sacrements, il alla chanter à jamais dans le Ciel les miséricordes du Seigneur et la puissance de saint Joseph sur ses serviteurs.

Prions aussi ce grand Saint avec confiance durant ce Mois béni, et il fera verser sur nous les plus abondantes bénédictions.

PRIÈRE

Daignez, ô grand Saint, disposer mon âme à entrer avec ferveur dans ces saints exercices. Vous qui avez si souvent conduit Jésus-Christ dans son enfance, conduisez-moi, protégez-moi durant ces saints jours que d'avance je vous offre et consacre. Je redoublerai pour vous de zèle et de dévouement ; je méditerai chaque jour vos grandeurs ; j'imiterai vos vertus ; j'implorerai votre assistance. Daignez m'accorder, durant ce Mois fortuné, pendant ma vie, et surtout à l'heure de ma mort, le secours de votre puissante protection. Ainsi soit-il.

PREMIER JOUR

Qu'est-ce que saint Joseph?

1° Saint Joseph était juste. —
2° Il était de la famille de David. —

PREMIER POINT. — Le panégyrique de la sainte Vierge par saint Luc est bien court : *C'est de Marie qu'est né Jésus*. Celui de saint Joseph par saint Matthieu l'est encore davantage. Trois mots suffisent et disent tout : *Joseph était juste : Cum esset justus*. Par ces trois mots le Saint-Esprit fait l'éloge le plus complet de ce grand Saint. En effet, les docteurs de l'Eglise affirment que cette qualité de *juste* signifie que Joseph était un homme accompli dans la perfection, qu'il possédait toutes les vertus dans un degré éminent, qu'il était avec Marie la première et la vivante copie de Jésus. Ainsi, il était *juste* envers Dieu, profondément pénétré de foi, de soumission, de confiance et d'amour envers sa

divine Majesté. Il était *juste* envers le prochain, car il pratiquait toutes les œuvres de
charité, spirituelle et corporelle. Enfin, il
était *juste* envers lui-même; il ne négligeait
rien pour préserver son âme du mal et l'unir
à l'Etre infini. C'est donc par une vie irré-
prochable, par la pratique de toutes les vertus, par une éminente sainteté que nôtre
glorieux Patron a mérité le titre de *juste*.
Aussi, l'Eglise lui donne-t-elle la qualité de
très-saint, *sanctissimum Joseph*, qu'elle ne
donne à aucun autre bienheureux. — « Oh !
quel saint est l'illustre Joseph, écrivait
saint François de Sales; c'est à bon titre
qu'il est comparé à la palme, le roi des
arbres. Il semblait presque qu'il fût aussi
parfait ou qu'il eût les vertus en un si
haut degré que les avait la bienheureuse
Vierge. »

Ame chrétienne, rentrez en vous-même
et adressez-vous cette importante question :
Suis-je juste de la justice qui convient à mon
état, à ma vocation, de cette justice que
Dieu a bien droit de me demander après
toutes les lumières et toutes les grâces que

j'ai reçues de lui? N'y a-t-il pas quelque devoir que je néglige presque entièrement, soit envers Dieu, soit à l'égard du prochain, soit pour mon âme? Suis-je au moins dans la disposition de recourir à saint Joseph pour obtenir la faim et la soif de cette justice qu'il a si bien pratiquée?

DEUXIÈME POINT. — *Joseph était de la famille de David*, c'est-à-dire de la famille élue et consacrée pour la royauté. Il comptait parmi ses ancêtres des patriarches, des princes et des rois, et le trône avait été promis, comme une éternelle bénédiction, à la race dont il était le rejeton. Mais ce qui fait principalement la gloire et la grandeur de saint Joseph, c'est qu'il appartient à la famille bénie qui doit donner le Messie au monde. Il est du même sang que la Vierge Marie et Jésus, son fils : *Mariæ et Jesu, ejus filii, consanguineus*. Déjà les temps son accomplis, et voilà que la tige de Jessé va reverdir en lui. De sa race royale naîtra le Désiré des nations, et il en sera le Père et le Protecteur. O Dieu! quel honneur! quelle dignité!

Et nous qui appartenons à ce royal sacerdoce inauguré par le fils adoptif de Joseph, nous qui avons vu aussi refleurir en nos mains le sceptre de nos pères, c'est-à-dire Jésus-Christ, en comprenons-nous la sublime élévation ? Les sacrements et surtout l'Eucharistie nous identifient avec Jésus-Christ, en profitons-nous ? O âme chrétienne, reconnaissez votre dignité et examinez sérieusement si vous correspondez, par la sainteté de votre vie, à la sublimité de votre vocation. O saint Joseph ! obtenez-nous la grâce de profiter des bénédictions dont vous fûtes comblé et auxquelles nous participons comme chrétiens.

EXEMPLE

Entre tous les saints, il n'en est pas qui ait porté plus d'affection tendre et respectueuse au digne Époux de Marie que la séraphique sainte Thérèse. Elle en parle dans ses Œuvres avec cet enthousiasme qu'inspirent une confiance sans borne et un amour éprouvé. Elle l'appelle son tendre et vénérable Père, son bien-aimé Protecteur. Jamais elle ne l'a invoqué en vain. Il lui a accordé, dit-elle, au-delà de ses demandes. Elle a toujours vu ceux qui l'invoquaient avec confiance faire de rapides progrès dans les voies de la perfection. Plus d'une fois, en échange d'un si vif attachement, Thérèse eut avec saint Joseph de ces célestes communications qui ravirent son âme; plus d'une fois, elle eut le bonheur de jouir de cette vision céleste, où le saint Patriarche, se découvrant à ses regards, lui témoignait sa bienveillance et l'assurait de ses bontés. La sainte ne fut pas ingrate, elle s'attacha à inspirer à tous les cœurs l'amour de saint Joseph. Elle donnait assurance de salut à quiconque voulait se mettre sous ses auspices avec foi et abandon. C'est elle qui a eu la gloire de populariser, surtout en Espagne, le culte de l'Epoux de Marie; c'est elle qui lui a fait élever tant d'autels, dédier tant d'églises.

Prions donc sainte Thérèse de nous inspirer un si précieux amour. Comme elle, soyons des serviteurs et des apôtres dévoués de saint Joseph, surtout durant ce beau Mois qui lui est consacré.

PRIÈRE

O bienheureux saint Joseph! chaste Epoux de l'auguste Marie, une voix a dit à mon cœur : *Allez à Joseph!* et depuis ce moment, c'est pour moi un bonheur de vous aimer et de vous servir. Attiré par votre bonté paternelle, je me prosterne à vos pieds pour vous offrir les prémices de ce Mois béni. Je redoublerai de zèle et de dévouement. Ah! je voudrais avoir pour vous la dévotion de sainte Thérèse, et je prie instamment cette grande sainte de vous présenter tous les jours mes hommages durant ce Mois de bénédiction. Ainsi soit-il.

DEUXIÈME JOUR

Le saint Nom de Joseph

1º Nom respectable. —
2º Nom salutaire. —

PREMIER POINT. — C'est le sentiment de plusieurs Pères de l'Eglise, que Dieu lui-même est l'auteur du nom béni de Joseph, qui fut inspiré du Ciel à ses heureux parents. Oh! qu'il est grand l'amour de Dieu pour ce saint Patriarche, puisque, ne voulant pas qu'il eût rien de terrestre, il fut jaloux de lui donner le Nom qu'il devait porter parmi les anges et parmi les hommes. Ce Nom tout céleste qui, selon le langage hébraïque, signifie *abondance et accroissement*, n'est-il pas un heureux présage des trésors de grâces dont l'âme de cet homme juste devait être enrichie, et des progrès qu'il ferait dans la perfection ? « Vous pouvez conjecturer, dit saint Bernard, quel personnage fut saint Joseph d'après la seule interprétation de son Nom, qui veut dire *augmentation*. » Nom béni, le premier que bégaya l'Enfant Jésus sur les genoux de son Père nourricier; Nom respectable que Marie redisait matin et soir, à Nazareth, en saluant son époux, et qu'elle répétait souvent dans la journée.

Ame chrétienne, prononcez donc toujours avec le plus profond respect ce Nom sublime, sorti des trésors de la divinité; ce Nom glorieux, inséparablement uni et associé aux noms divins de Jésus et de Marie; ce Nom si doux que des milliers de saints ont acclamé avec tant de vénération et de joie. — Souvenez-vous aussi, âme pieuse, que le nom que l'Eglise vous a donné au baptême est emprunté au catalogue des saints et vous assure au Ciel un protecteur spécial. Professez donc une dévotion particulière pour votre glorieux patron; portez son nom avec amour et confiance; lisez le récit de sa vie;

imitez ses vertus et implorez chaque jour son assistance. Avez-vous, jusqu'à présent, bien rempli ce devoir?

DEUXIÈME POINT. — Mais quel nom, après celui de la Reine du Ciel, peut assurer une protection plus efficace que celui de son digne Epoux, saint Joseph? On ne saurait en trouver un autre dont les chrétiens reçoivent une grâce plus abondante, une confiance plus ferme, une suavité plus exquise. « N'est-il pas, s'écrie un pieux auteur, la joie du ciel, l'espérance de la terre, l'effroi des enfers? N'est-il pas plus doux à la bouche qu'un rayon de miel, et plus agréable à l'oreille qu'un concert mélodieux? » Oui, ce Nom sacré a par communication toute la force et la vertu des saints Noms de Jésus et de Marie : il est la joie de l'âme exilée sur la terre, il la console dans ses afflictions, il l'éclaire dans ses doutes, il la défend contre les ennemis de son salut, il la soutient au moment redoutable de la mort et lui ouvre la porte du paradis. O Joseph! ô Nom sous lequel il n'est jamais permis de perdre courage et de désespérer!

Ame chrétienne, que le saint Nom de Joseph soit, avec celui de Jésus et de Marie, votre première parole au réveil, et lorsque vous vous endormirez, la dernière qui s'échappe de votre bouche. Placez-les, ces Noms salutaires, au commencement de tous vos écrits, comme un gage de bénédiction. Vous scellerez avec eux, comme avec un cachet céleste, vos plus précieux engagements. Et quand arrivera pour vous ce moment suprême où l'âme passe de cette demeure de boue aux demeures éternelles, que vos dernières paroles soient ces Noms chers à la bouche et au cœur :

JÉSUS ! MARIE ! JOSEPH !

EXEMPLE

Un grenadier du 29e régiment d'infanterie de l'armée d'Italie avait mené une conduite peu régulière, surtout depuis qu'il était enrôlé sous les drapeaux. Bien qu'il eût oublié ses devoirs de chrétien, il récitait cependant encore tous les jours une courte prière en l'honneur de saint Joseph, qu'il avait apprise sur les genoux de sa pieuse mère. Il avait même conservé une telle confiance en ce grand Saint, qu'il avait tous les jours son Nom à la bouche, et qu'il l'invoquait dans ses dangers et ses afflictions. Au terrible passage de Leybach, en 1809, il reçut à la jambe un coup de boulet qui le mit hors de combat. Son premier cri fut aussitôt... ô saint Joseph! saint Joseph! Au milieu de ses souffrances qui furent longues et douloureuses, on ne lui entendit pas proférer d'autres paroles. Ce Nom béni était sa consolation. A côté de la chambre où on l'avait déposé était un prêtre émigré français qui entendit les soupirs du malade accompagnés de ces paroles : « O saint Joseph! saint Joseph! » Il pensa que ce pauvre infirme avait des sentiments religieux, et que sans doute, il serait bien aise de recevoir les secours de son ministère. Il se rend donc auprès de lui et l'engage à se confesser. O mon père, s'écrie le malade d'une voix attendrie, c'est sans doute saint Joseph qui vous a inspiré de venir à moi. Oh, oui, je le veux bien, confessez-moi de suite, enfin que je meure enchrétien. Il se confessa en effet, avec piétié, et quelques jours après, il rendait son âme à Dieu en prononçant une dernière fois le saint Nom de Joseph.

PRIÈRE

O Joseph! la bouche ne peut prononcer votre Nom sans que le cœur se sente embrasé d'amour pour vous. Joseph! ce Nom seul est une prière; si je sais le prononcer avec une filiale confiance, je puis tout obtenir du ciel. Oui, mon bon Père, je veux en faire mon refrain d'amour durant la vie, pour qu'il soit toute ma confiance à l'heure de la mort, et me serve de sauf-conduit au terme de cette vie. Ainsi soit-il.

TROISIÈME JOUR

Joseph croissant en âge et en sagesse.

1º Son enfance. —
2º Son adolescence. —

PREMIER POINT. — Dieu, qui destinait saint Joseph à de grandes choses, l'avait purifié, dès avant sa naissance, de la tache du péché originel ; c'est le sentiment de plusieurs Pères de l'Eglise. « Par l'effet de cette première grâce, dit le pieux Gerson, le Seigneur éteignit en lui, ou du moins affaiblit considérablement toutes les pentes mauvaises du cœur, fruit amer de la faute originelle, et se l'attacha irrévocablement

par les liens de la charité la plus ardente. »
Aussi, cet enfant de bénédiction sanctifia-t-il
ses premières années par la pratique des
plus admirables vertus et par le vœu de
virginité perpétuelle. Quels n'étaient pas ses
sentiments d'amour et d'adoration envers
Dieu, de respect et d'obéissance à l'égard
de ses parents? Même pendant ses premières
années, il ne faisait rien de puéril. Il était
d'un caractère doux et paisible. Jamais on
ne le vit contester avec ceux de son âge;
jamais il ne fréquenta les jeunes gens qui
auraient pu le porter au mal. La sincérité,
la modestie, la candeur s'épanouissaient sur
son angélique figure. Aussi a-t-il conservé
pure la robe de son innocence, et son âme
a-t-elle toujours été, aux yeux de Dieu,
plus resplendissante que le soleil. C'est ce
qui a fait dire au savant Corneille de la
Pierre qu'il fut un ange plutôt qu'un homme : *Fuit angelus potiusquam homo.* —
Quel beau modèle pour les enfants ! puissent-
ils l'imiter !

O bienheureux Joseph, quand je me rappelle mon enfance et que je la compare à

la vôtre, je me sens pénétré de regret. Hélas! hélas! que de belles années j'ai perdues! Mon Dieu! que je vous ai aimé tard! Je veux du moins, autant qu'il est en mon pouvoir, réparer le passé et faire de dignes fruits de pénitence. O Joseph! ô mon père, obtenez cette grâce à votre enfant.

DEUXIÈME POINT. — L'enfance de Joseph s'était écoulée dans l'innocence comme un printemps pur et sans nuage. « Son adolescence, ajoute un pieux auteur, fut ornée de toutes les vertus propres à cet âge. Il avait la piété d'Abel, la sagesse de Tobie, la chasteté de Joseph, fils de Jacob, la fermeté de Daniel. » Les plaisirs les plus séduisants du siècle le trouvaient insensible, et il croissait encore plus en sagesse qu'en âge. Au lieu d'embrasser une carrière lucrative et honorable aux yeux du monde, il choisit, par esprit d'humilité et de pauvreté, le modeste état de charpentier, et remplit dans cette simple profession tous ses devoirs envers Dieu et envers le prochain. Oh! vraiment, la grâce coulait avec abondance dans l'âme de Joseph; il y correspondait avec une grande fidélité et il avançait rapidement dans le sentier de la justice. D'ailleurs, ne devait-il pas être doué d'une sainteté consommée celui à qui le Seigneur allait confier la protection de son Fils unique et la garde de la Vierge des Vierges? Quelle leçon pour les jeunes gens qui, se laissant attirer par les perfides amorces de la volupté, consument dans le libertinage leurs plus beaux jours, et ne réservent pour Dieu que les restes d'une vie qui s'éteint. Oh! quelle folie! quel aveuglement! — Pères et mères, mettez vos enfants sous la protection du glorieux Patriarche à qui le Père céleste a confié la garde de son Fils. Recommandez-lui leur innocence, leur vocation et tous leurs intérêts, et alors ils croîtront comme lui en piété et en sagesse, devant Dieu et devant les hommes.

EXEMPLE

Saint Joseph a exaucé les vœux des familles qui lui avaient recommandé leurs jeunes gens appelés, en 1870, sous les drapeaux de la défense nationale. Voici comment s'exprime une pieuse mère du département de l'Aude : « Grâce à saint Joseph, nous avons eu la consolation de voir l'un de nos plus grands chagrins se changer en une joie ineffable. Le bien-aimé Patron des familles en qui nous avions mis toute notre confiance, vient de rendre à nos embrassements et à notre amour le plus jeune de nos fils. Nous l'avons reçu comme un ressuscité, car on nous avait dit qu'il avait été tué dans les derniers combats près de Belfort. Il nous est arrivé sain et sauf, après des souffrances inouïes, et il avoue lui-même qu'il n'aurait pas échappé aux attaques et aux poursuites des Prussiens sans une protection miraculeuse. Jugez de notre bonheur en le revoyant, nous l'avions pleuré quinze jours comme mort. Oh ! béni soit saint Joseph qui a préservé notre enfant de tant de périls et l'a rendu à notre affection ! »

« Pourrons-nous jamais l'en remercier assez ! »

PRIÈRE

O Joseph, faites que j'imite les vertus que vous avez pratiquées dans votre enfance et votre jeunesse ! Veillez sur mon cœur, afin qu'il ne se laisse pas prendre aux perfides attraits de la volupté. Faites que mon esprit soit l'esprit de Jésus-Christ ; que le monde soit crucifié pour moi, et que je sois crucifié pour le monde. Ainsi soit-il.

QUATRIÈME JOUR

Election de saint Joseph.

1° Combien sa mission a été sublime. —

2° Comment il s'en est acquitté. —

PREMIER POINT. — Considérez que saint Joseph a été choisi de Dieu pour être l'époux de Marie : *Virum Mariæ*, et le Père nourricier de Jésus : *Custos Domini sui.* Il a été choisi pour veiller sur le salut de cette Vierge et de cet Enfant, pour vivre avec eux ; pourvoir à tous leurs besoins et mourir entre leurs bras. Quelle sublime vocation ! qu'elle est digne de l'admiration de la terre et du Ciel ! « O dignité incomparable ! s'écrie le célèbre Gerson, la Mère de Dieu, la Reine du Ciel appellera Joseph son Epoux et son Seigneur ; le Verbe divin l'appellera son Père et lui obéira pendant trente ans, comme au lieutenant du Père éternel. O

Jésus! ô Marie! ô Joseph! vous formerez sur la terre une glorieuse trinité, en qui l'auguste Trinité du Ciel mettra toutes ses complaisances! » — Voilà donc notre saint Patriarche élevé par ce choix glorieux au-dessus de tous les saints et comblé de tous les dons et de toutes les grâces correspondantes à une si sublime mission. O Joseph! que votre ministère est grand, et que précieuse est la part que le Seigneur vous a faite! Permettez que je m'unisse à vous pour l'en remercier et que je vous félicite vous-même et m'en réjouisse avec vous.

Ame chrétienne, qui méditez ces vérités si consolantes, souvenez-vous bien que Dieu vous a confié aussi Marie, sa Mère; et Jésus, son Fils; et qu'il vous a dit comme à saint Joseph : Gardez-moi ce précieux dépôt : *Depositum custodi*. Oui, gardez bien ma Mère, entourez-la de vos soins, de votre amour et de votre respect, car elle vous aime tendrement. Gardez mon Fils, que vous possédez dans la sainte Eucharistie, et faites en sorte de ne pas le crucifier de nouveau par le péché.

Deuxième point. — Considérez maintenant. avec quelle fidélité et quel courage saint Joseph a rempli sa mission. C'est pour correspondre au dessein de Dieu qu'il s'est appliqué à la pratique de toutes les vertus ; qu'il a accepté tous les dévouements les plus intimes, les sacrifices les plus obscurs; qu'il a essuyé les rigueurs de la pauvreté et la tristesse de l'exil; qu'il a prodigué ses travaux, ses sueurs, sa santé et sa vie. Sa devise était : *Tout pour Jésus! Tout pour Marie !* Il les a protégés, nourris, sauvés à Bethléem, en Egypte, à Nazareth. Oui, il a été le sauveur de la vertu et de la vie de Marie, le sauveur de l'humanité de Jésus, en le dérobant à la fureur d'Hérode et en l'arrachant à une mort prématurée; enfin, il a si bien rempli sa tâche que l'Eglise l'appelle un fidèle ministre : *Fidelis servus.*

Nous avons tous une mission à remplir, un ministère quelconque à exercer ; soyons fidèles comme saint Joseph. Nous répondrons à Dieu, sur notre éternité, des fonctions qu'il nous confie. Nous n'aurions que notre âme à sauver, c'est toujours un ministère, c'est une grande responsabilité. Mais hélas ! combien d'autres âmes peuvent dépendre de la nôtre ! Oh ! gardons et sauvons notre âme, gardons et sauvons les âmes qui nous sont confiées. Et puissions-nous entendre un jour la douce parole du père de famille : « Courage, bon et fidèle serviteur ; entrez dans la joie de votre maître ! »

EXEMPLE

Une famille de Lyon avait un fils qui semblait devoir être sa couronne aux yeux des hommes et aux yeux de Dieu. Ce pieux jeune homme se sentit appelé à quitter le monde et à se consacrer au Seigneur dans la vie religieuse. Froissés de cette détermination, ses parents se jetèrent à son cou, répandirent tant de larmes et lui firent tant de reproches, qu'ils parvinrent à ébranler sa résolution ; ils obtinrent au moins un délai. Malheureux parents qui disputaient leur enfant à Dieu ! Et malheureux enfant qui n'eut pas le courage de répondre à l'appel de son Dieu ! — Ils le poussèrent dans le monde pour modifier ses goûts, et le pauvre enfant se laissa trop facilement prendre au piège. Il négligea bientôt ses pratiques de piété, il s'éloigna des sacrements et se livra à tous les désordres. Pour échapper à la honte de ses scandales et aux remontrances de ses parents, il s'éloigna du pays et prit un engagement dans l'armée. Son père et sa mère étaient désolés. Accablés de remords et de chagrins, ils n'osaient presque s'adresser à Dieu, après lui avoir ravi leur enfant pour le livrer au démon. La pensée leur vint de s'adresser à saint Joseph pour obtenir à la fois leur pardon et la conversion de leur fils. Ils commencèrent donc une neuvaine avec plusieurs personnes pieuses et prièrent avec la ferveur la plus vive. O merveille, digne d'inspirer toute confiance à ce glorieux Patron ! A peine priait on depuis quelques jours, que le prodigue venait frapper à la porte de la maison paternelle, et se jetait en pleurs aux genoux de ses parents. Il était tout changé. Le père et la mère fondirent en larmes et embrassèrent en pardonnant ce fils ingrat, redevenu chrétien ; et la joie rentra avec lui sous leur toit. Ils le devaient à saint Joseph, et ils lui rendirent de solennelles actions de grâces.

Apprenons par cet exemple combien il importe d'écouter la voix de Dieu et de correspondre à la grâce de notre vocation.

PRIÈRE

O bienheureux saint Joseph, obtenez-moi d'être fidèle à l'appel de Dieu, et de remplir saintement ma destinée sur la terre. Ce que je désire ardemment, grand Saint, c'est d'imiter votre fidélité à la vocation, et de marcher devant le Seigneur sans m'inquiéter des louanges et du mépris du monde, et d'arriver sûrement au port du salut. Ainsi soit-il.

CINQUIÈME JOUR

Joseph et Marie.

1º Amour de Joseph pour Marie. —
2º Amour de Marie pour Joseph. —

PREMIER POINT. — Destinée à devenir la Mère de Jésus, Marie devait avoir un époux qui couvrît d'un voile sans tache l'adorable mystère d'un Dieu fait homme. Cet époux si privilégié fut saint Joseph : *virum Mariæ*. Comment peindre maintenant le tendre et respectueux amour du saint Patriarche pour son Epouse immaculée ! Il la sert, il l'aide, il la soutient au milieu de toutes ses épreuves. Il est toujours à ses côtés, il ne la perd jamais de vue. « Ce qu'il admire et aime le plus en elle, dit Bossuet, ce n'est pas sa beauté mortelle, mais cette beauté cachée et intérieure dont la sainte Virginité faisait son principal ornement. » « L'amour de Joseph pour Marie, ajoute un pieux auteur, était tellement élevé et purifié en Dieu, qu'il est impossible à toute appréciation humaine, même aidée de la foi, d'y pouvoir atteindre. »

Ame chrétienne, imitez un si parfait modèle. A l'exemple de votre glorieux Patron, saint Joseph, aimez Marie de tout votre cœur. Elle a été son Epouse, elle est votre Mère : *Ecce Mater tua*. Souvenez-vous que la vraie dévotion à l'auguste Reine du Ciel est un gage de prédestination, et que, sans son assistance, il est moralement impossible de réussir dans l'importante affaire du salut. Tous les biens ne nous sont venus et ne nous viendront que par Marie : *Omnia per Mariam*. Celui qui l'a trouvée a trouvé la vie et le salut.

Obtenez-moi, ô bienheureux Joseph, cette dévotion tendre et solide envers votre sainte Epouse, qui fait les saints et les prédestinés, et dont vous avez été le premier et le plus parfait modèle.

Deuxième point. — Marie est la mère du parfait amour : *Mater pulchræ dilectionis.* Elle aimait Dieu plus que tous les saints ensemble, et son amour pour le prochain était proportionné à son amour pour Dieu. Quelle affection ne devait-elle donc pas avoir pour son saint Époux, que Dieu lui-même lui avait choisi pour être le témoin inviolable de sa Virginité, pour protéger son honneur et celui de son Fils ? Elle l'aimait comme le représentant de Dieu le Père et du Saint-Esprit dont il tenait la place auprès d'elle, comme le Saint qui portait en lui le plus de traits de ressemblance avec Elle et son divin Jésus. Non jamais épouse n'aima si tendrement et si saintement son époux et ne l'entoura de plus de respect. « Marie et Joseph, dit saint Bernardin de Sienne, ne faisaient qu'un cœur et qu'une âme ; ils étaient deux dans un même esprit, une même affection, un même tout. » Oh ! qui pourra jamais concevoir une affection si intime, si angélique ! Quelle gloire, quelle récompense ineffable pour Joseph ! —

Aimons aussi, âme chrétienne, vénérons

entre tous les saints l'Epoux de Marie, et ne le séparons pas des hommages que nous rendons à son Epouse Immaculée. Si nous honorons spécialement la Sainte-Vierge le samedi, consacrons le mercredi à saint Joseph. Si nous sommes fidèles à célébrer le Mois de Marie, préparons-nous-y en faisant avec piété le Mois de mars. Ces deux dévotions se lient, se fortifient l'une l'autre et nous aident à aimer Jésus. O Marie, nous vous supplions de nous donner un tendre amour pour Joseph.

EXEMPLE

Des auteurs anciens et très-graves nous rapportent le trait suivant : Depuis le jour de sa Présentation, Marie vivait à l'ombre des autels, dans le silence, le travail et la prière. Elle avait atteint sa quinzième année, et le temps était venu de la marier dans sa tribu, selon la loi. Un grand nombre de jeunes gens de la famille de David prétendirent à l'honneur d'épouser la Fille de Juda, si douce, si pure et comblée de tant de grâces. Joseph avait les mêmes droits, mais il se tenait à l'écart par modestie. Pour connaître la volonté du ciel, le grand-prêtre rassembla les jeunes gens de la tribu de David, remit à chacun un rameau-bénit en leur ordonnant d'y inscrire leur nom;

puis, il déposa ces rameaux sur l'autel, devant le Saint des Saints, et supplia le Seigneur de manifester lui-même son choix. Quand on les reprit, celui de Joseph seul était couvert de feuillage et d'une fleur blanche semblable au lis et exhalant un doux parfum. C'est pour cela que toutes les images et statues de notre Bienheureux le représentent avec ce rameau fleuri, symbole de ses vertus et souvenir du prodige qui fixa sur lui le choix du Ciel. A la vue de cette merveille, le Pontife et tous les assistants s'écrièrent: Voilà l'élu du Seigneur! Alors Joseph et Marie reçurent la bénédiction du grand-prêtre, et tous deux unis par les liens sacrés du mariage, sortirent du temple au milieu des concerts de louange de la multitude ravie. — Comme deux lis éclatants de blancheurs, s'élèvent et mélant leurs parfums, embaument les airs, ainsi vécurent depuis nos deux époux, retirés dans l'humble maison de Nazareth.

PRIÈRE

O Joseph, le titre seul d'Epoux de Marie vous élève au-dessus de toutes nos pensées et ne nous laisse que le sentiment d'admiration! A jamais, je bénirai le jour où une sainte alliance vous unit à la Reine des Vierges. Puisque vous êtes l'Epoux de Marie, elle ne peut rien vous refuser, conjurez-la de me prendre sous sa protection et de m'agréer pour son enfant de prédilection. Ainsi soit-il.

SIXIÈME JOUR

Bethléem.

1º Saint Joseph à la naissance de Jésus. —

2º Naissance de Jésus eucharistique. —

Premier point. — « Docile à l'ordre de l'empereur Auguste, Joseph, dit l'évangéliste, alla de la Galilée en Judée, de la ville de Nazareth en celle de David, qui se nomme Bethléem, pour se faire inscrire avec Marie, son épouse. » Ne trouvant point de place dans les hôtelleries parce qu'ils étaient pauvres, ils se réfugient dans une étable abandonnée, où l'on renfermait les troupeaux pendant la nuit. Et c'est là, ô mystère ! dans cette grotte déserte, que la Vierge d'Israël enfante miraculeusement son Fils premier-né ; elle l'enveloppe de pauvres

langes et le couche dans une crèche. Joseph
se prosterne, contemple avec amour l'Enfant-Dieu et l'adore dans les sentiments d'une
joie ineffable. C'est mon Dieu, s'écrie-t-il
au-dedans de lui-même, c'est mon Fils
adoptif! Alors, tout transporté d'allégresse,
il le prend respectueusement dans ses bras,
le presse sur son cœur, le couvre de ses
embrassements et l'arrose de ses larmes.
Dieu seul connaît ce qui se passe en ce
moment dans les deux cœurs du Fils et du
Père!

Ame chrétienne, apprenons aujourd'hui,
à l'école de Joseph, l'art divin de la contemplation de Jésus. Représentons-nous
l'Enfant-Dieu dans la crèche, sur la paille,
dans les langes. Il souffre, il pleure, il est
petit, faible, pauvre, pour nous mériter les
richesses, la grandeur, la gloire de l'éternité.
O Joseph! ô Marie! remplissez nos cœurs
des sentiments dont les vôtres étaient péné-
trés à la naissance du Sauveur.

DEUXIÈME POINT. — Saint Athanase compare le Tabernacle où repose la divine
Eucharistie à la crèche où reposait l'Enfant

Jésus. En effet, le Dieu que nous adorons sur l'autel est bien le même que Marie, et Joseph adorèrent à Bethléem ; s'il y a une différence, j'ose dire qu'elle est en faveur de l'Eucharistie. Dans la crèche, l'humanité sainte du Sauveur était passible et mortelle, tandis que sur l'autel elle est immortelle et glorieuse à jamais. Nous sommes en un sens, plus privilégiés que saint Joseph ; il tenait Jésus entre ses bras, il le voyait, le touchait, l'entendait ; tout cela est extérieur. Combien plus intimes sont les rapports que la communion établit entre Jésus et mon âme ! Il vient en moi, il se place sur mon cœur, il s'unit, s'identifie pour ainsi dire avec moi, pour me changer en lui ; en sorte que ce n'est plus moi qui vis, mais c'est le Christ qui vit en moi. Oh ! quel bonheur ! quelle source inépuisable de grâces ! Comment se fait-il donc que nous visitions si peu notre Hôte divin, que nous le recevions si rarement ? Il est dans le Tabernacle par amour pour les hommes, et les hommes le délaissent ! Il les convie à sa table, et ils refusent de s'y asseoir. Non, l'Amour n'est pas aimé : *Amor non amatur*. Ah ! vous, du moins, âme chrétienne, répondez à son appel, ce sera une consolation pour son âme attristée. O divin Emmanuel ! Hostie d'amour, faites que nous ayons faim et soif de vos délices, afin que, passant de la crèche à l'autel, de l'Enfant qui sourit au Dieu qui se donne, nous arrivions enfin au Tabernacle de l'éternel amour, à la communion de l'éternelle vie.

EXEMPLE

Sainte Catherine de Sienne fut une des plus angéliques amies de Jésus-Hostie. Cette âme, pure comme les Anges, ne pouvait vivre un jour sans goûter le divin mystère. Ecoutons le prêtre vénérable qui la dirigeait: « Souvent Catherine venait me dire : Mon père, j'ai faim ; pour Dieu, donnez à mon âme sa nourriture. — Un jour de saint Marc, nous avions profité d'une matinée de beau temps pour visiter quelques serviteurs de Dieu qui demeuraient dans la campagne ; nous ne revînmes à Sienne qu'un peu tard. Catherine me dit : O mon père, si vous saviez que j'ai faim ! — Je compris ces paroles, et je répondis : L'heure de la messe est passée, et je suis si fatigué, que je ne me sens pas la force de me préparer au saint sacrifice. — Catherine se tut ; mais quelques instants après, ne pouvant comprimer son désir, elle répéta : J'ai faim ! — Alors, je me rendis à la chapelle et je commençai la sainte messe. O prodige! pendant que j'opérais la fraction de l'hostie consacrée, une parcelle s'envola de mes mains et vint se reposer sur la langue de la sainte, dont le visage était éclatant comme celui d'un ange. C'est ainsi que le Seigneur apaisa les désirs embrasés de son épouse fidèle. » — Ah! si nous avions faim et soif de Notre-Seigneur comme les saints, il se donnerait souvent à nous, et nous serions pleinement rassasiés.

PRIÈRE

Bienheureux Joseph! il m'est donné de partager votre bonheur. Le Dieu fait homme que vous adoriez à Bethléem est devenu le prisonnier volontaire de nos saints tabernacles, la vie et la nourriture de nos âmes. Mais, hélas! que je suis loin de partager votre foi et votre amour pour lui! O mon aimable modèle! inspirez-moi vos sentiments. Faites qu'à votre exemple, je me plaise avec Jésus, que je trouve mon bonheur à le visiter, à le recevoir souvent; car lui seul est mon trésor, mon amour, tout mon bien, pour la vie et l'éternité. Ainsi soit-il.

SEPTIÈME JOUR

L'Epiphanie.

1º Joseph et les Mages. —
2º Visites au Saint-Sacrement. —

Premier point. — Peu de temps après la naissance de Jésus, Joseph voit arriver à la Crèche les rois de l'Orient. Guidés par une étoile miraculeuse, ils viennent jusqu'à Bethléem, entrent dans l'étable, se prosternent devant le Sauveur nouveau-né et lui offrent pour présents de l'or, de l'encens et de la myrrhe. Oh! quels ne durent pas être la joie et le bonheur du saint Patriarche en ce grand jour! Avec quel empressement il accueille les Mages, leur montre le divin Enfant, le livre à leurs adorations et reçoit en son nom les présents qu'ils lui offrent! Comme il bénit la bonté de Dieu qui veut que le salut soit présenté à tous les hommes, sans distinction d'origine et de nationalité ! Oui, ô Joseph, réjouissez-vous, tressaillez d'allégresse ; ce petit Enfant qui est l'objet de tous vos soins sera bientôt connu et adoré de l'univers entier. Déjà la Judée et la Gentilité, représentées par les bergers de la Palestine et les Mages de l'Orient, se tendent la main au-dessus de son berceau et le reconnaissent pour leur Roi, leur Sauveur et leur Dieu Déjà commence à s'accomplir cette parole prophétique : « Tous les princes de l'univers l'adoreront et toutes les nations se dévoueront à son service. »

Ame chrétienne, réjouissez-vous avec Joseph et Marie des consolations ineffables que leur procure cette glorieuse manifestation de Jésus ; ensuite remerciez Dieu de vous avoir appelée, comme les Mages, à la connaissance de son divin Fils, pendant qu'il y a encore tant de peuples qui n'ont pas même entendu parler de lui. Comme les Mages, faites connaître et aimer Jésus. Soyez l'étoile qui lui amène de fidèles adorateurs, et en échange, Joseph vous conduira lui-même un jour à son Fils, au séjour de la gloire.

DEUXIÈME POINT. — Sans doute le bonheur des Mages fut grand; l'Enfant Jésus les regarda avec bonté et les combla de grâces. « Pour l'or qu'ils offrirent, dit un pieux auteur, ils reçurent le don de sagesse; pour l'encens, le don d'oraison; pour la myrrhe, la science de la croix. » Sommes-nous moins privilégiés? Ne pouvons-nous pas, nous aussi, visiter Jésus, le contempler dans ses abaissements, lui offrir nos cœurs et solliciter ses bénédictions? Est-il moins aimable et moins riche au Tabernacle que dans l'étable où il prit naissance? La foi ne nous dit-elle pas qu'il est là dans cette prison d'amour, qu'il nous attend, que son cœur est ouvert pour accueillir toutes nos demandes et que ses mains sont pleines des grâces qu'il brûle de répandre sur nous? *Venez à moi*, s'écrie-t-il, *vous tous qui avez des peines et des misères, et je vous soulagerai.*

Prenez donc aujourd'hui la résolution, âme chrétienne, de ne passer aucun jour sans faire au moins une courte visite à notre

aimable Sauveur dans le sacrement de son
amour. Thérèse de Jésus, Catherine de
Sienne, Louis de Gonzague auraient voulu
pouvoir demeurer à ses pieds toute leur vie,
et saint François-Xavier passait souvent des
nuits entières en adoration devant la divine
Eucharistie. En un mot, la dévotion envers
Jésus-Hostie a été la dévotion de tous les
saints. Que ce soit aussi la vôtre. Ne cher-
chez pas ailleurs des consolations ; une visite
au saint Sacrement vous remettra de vos
fatigues, dissipera vos ennuis, ranimera vos
espérances, et vous pousserez ce cri des
grandes âmes : *Qui a Jésus a tout.*

EXEMPLE

Les saints ont tous aimé d'une particulière tendresse
les mystères de Jésus-Enfant. On sait comment le
séraphique François d'Assise, inondé de joie et pris
d'un saint enthousiasme quand venait la douce fête
de l'Epiphanie, s'en allait disant à tous avec larmes :
« Aimons l'Enfant de Bethléem ! Aimons l'Enfant de
Bethléem ! » D'autre part, la méditation de la divine
Enfance captive l'âme et séduit le cœur. — Un religieux bien connu par sa tendre dévotion à la Sainte-
Vierge et à saint Joseph, donna un jour à une jeune

personne du monde, qui était venue le consulter, une image représentant l'Enfant Jésus couché sur la paille, tenant à la main une petite croix qu'il regardait avec amour. « Eh! mon père, répondit la jeune fille étonnée, que voulez-vous que je fasse de cette image? Vous savez bien que je ne suis pas superstitieuse. » « Je sais que vous aimez la musique, ma chère enfant; placez cette image sur votre piano, elle vous parlera. » La jeune fille obéit; mais voilà qu'au bout de quelques jours la vue constante du divin Enfant si plein de charmes lui inspira de sérieuses réflexions sur sa conduite peu chrétienne. — « Pourquoi votre image porte-t-elle le trouble dans mon âme, dit-elle au religieux? » — « Ah! c'est que Jésus veut votre conversion, il frappe avec sa petite croix à la porte de votre cœur, et il ne vous laissera point de repos que vous ne le lui ayez donné entièrement. Adressez-vous à saint Joseph, le Père nourricier de Jésus, il facilitera votre retour. Elle pria ce grand Saint avec ferveur, ouvrit son cœur à la grâce et au repentir, quitta le monde et se retira dans une communauté religieuse, où elle mena la vie la plus édifiante et mourut en odeur de sainteté

PRIÈRE

Soyez mille fois béni, ô mon Dieu! de m'avoir appelé comme les Mages à la connaissance de Notre-Seigneur Jésus-Christ. Accordez-moi, par l'entremise de saint Joseph, la faveur d'être désormais fidèle à la grâce de ma vocation. Je conserverai avec toutes sortes de soins cette grâce si précieuse, et comme les Mages, je persévérerai avec fidélité dans la vraie foi jusqu'à mon dernier soupir.

HUITIÈME JOUR

La Circoncision.

1° Joseph donne à l'Enfant le Nom de Jésus. —

2° Dévotion à ce Nom béni. —

PREMIER POINT. — Considérez, âme chrétienne, la gloire de saint Joseph au jour de la Circoncision. En sa qualité de Chef de la sainte Famille et de Père adoptif du divin Enfant, il est chargé de lui donner le plus saint et le plus puissant de tous les noms. C'est l'ange Gabriel qui lui avait révélé de la part de Dieu ce Nom adorable et lui en avait

expliqué toute la grandeur. « Vous lui don-
nerez, dit-il, le Nom de Jésus, car il sauvera
son peuple de ses péchés : *Vocabis nomen
ejus Jesum*. Et, se prosternant devant l'Enfant
Dieu, le saint Patriarche dit en son cœur :
Recevez, Seigneur, recevez ce Nom sacré,
auquel tout genou doit fléchir, dans le Ciel,
sur la terre et aux enfers. Il sera pour moi
comme une huile embaumée qui pénétrera
jusqu'au plus intime de mon âme : *Oleum
effusum Nomen suum*. C'est donc notre glorieux Patron qui a eu l'insigne privilége de
donner au Verbe incarné et de prononcer le
premier ce Nom mille fois béni dans lequel
étaient enfermées toutes nos espérances.
Depuis ce moment solennel, il eut la consolation de le redire plusieurs fois le jour, pendant trente ans, lorsqu'il appelait le Fils de
Dieu ou conversait avec lui. Il l'avait toujours
dans sa pensée, il en savourait toute la douceur, il en méditait toutes les vertus.

O bienheureux Joseph, je me réjouis de
ce que vous avez été choisi pour imposer un
Nom si grand au Sauveur des hommes. Ah!
si saint Paul devint un vase d'élection pour

porter cet auguste Nom aux nations et aux rois de la terre, à combien plus forte raison l'avez-vous été vous-même pour le donner au divin Enfant et le redire aux anges et aux hommes! Obtenez-moi, grand Saint, la grâce d'une tendre dévotion au Nom de Jésus.

Deuxième point. — A l'exemple de saint Joseph, prononçons toujours le Nom de Jésus avec le triple sentiment qu'il inspire.— Sentiment de confiance : Nous avons en Jésus le Père le plus tendre, l'ami le plus fidèle, le protecteur le plus puissant, et il nous assure lui-même *que tout ce que nous demanderons à Dieu en son Nom nous sera accordé.* — Sentiment de reconnaissance : C'est pour nous sauver que le Fils de Dieu a pris le Nom de Jésus, et ce Nom nous rappelle à quels travaux, à quels anéantissements, à quelles souffrances il s'est dévoué pour assurer notre bonheur. — Sentiment d'amour : Saint François de Sales écrivant à une pieuse veuve lui dit : Oh! quel baume que le saint Nom de Jésus! Mais, pour bien exprimer ce Nom sacré, il faudrait avoir un cœur tout embrasé d'amour. « Tout ce que vous écrivez, dit saint Bernard, est insipide pour moi, si je n'y trouve le Nom de Jésus; tout ce que vous dites est froid et sans charme, si je n'entends le Nom de Jésus. Oui, Jésus est un rayon de miel pour ma bouche, une mélodie pour mes oreilles, une jubilation pour mon cœur. »

Dans tous vos besoins, âme chrétienne, dans toutes vos peines, dans tous vos dangers, invoquez le Nom de Jésus; il sera votre richesse, votre appui, votre salut. O Joseph, obtenez-nous la grâce d'une tendre dévotion à ce Nom sacré qui faisait vos délices! O Jésus, sauvez-nous par la vertu de votre Nom : *In Nomine tuo salvum me fac.*

EXEMPLE

Une pieuse dame, morte en 1860, à l'âge de trente-deux ans, avait une tendre dévotion aux Noms sacrés de la sainte Famille de Nazareth. Elle prenait un plaisir indicible à les invoquer et à les faire bégayer à son petit enfant, assis sur ses genoux. Dans ses joies et dans ses peines, elle ne se lassait pas de redire ces saintes aspirations : « Jésus, Marie, Joseph. » Plus d'une fois, on vit ses yeux verser des larmes d'attendrissement pendant que sa bouche soupirait et savourait ces Noms bénis. Elle était alors dans une sorte de ravissement, d'espérance et d'amour pour la sainte Famille, qu'elle voulait, disait-elle, aimer au nom de tous les cœurs. Elle perdit la santé. Durant sa maladie qui fut longue et douloureuse, elle s'écriait souvent : « Jésus, Marie, Joseph, quand j'aurai assez souffert, appelez-moi ! » A la fin, ne pouvant presque plus parler, elle ne murmurait plus qu'un seul nom : « Jésus ! ô Jésus ! » C'était sa suprême consolation, son dernier cri d'adieu. Enfin, après un long martyre, elle expira doucement, la main sur la tête de son enfant pour le bénir, les yeux levés vers le Ciel et le Nom de Jésus sur ses lèvres. — Oh! belle et précieuse mort! O Nom à jamais béni de Jésus!

PRIÈRE

O saint Joseph, faites que je trouve, comme vous, toute ma consolation et ma force dans l'invocation du Nom si doux que vous avez imposé vous-même au Sauveur du monde. Obtenez-moi de le redire souvent avec foi, respect et amour. Que le Nom sacré de Jésus soit mon unique consolation dans mes peines, ma lumière dans mes doutes, ma force dans mes tentations, ma dernière parole au moment de la mort, afin que je puisse le bénir éternellement avec vous et Marie dans les splendeurs des saints. Ainsi soit-il.

NEUVIÈME JOUR

La Présentation.

1° Joseph et Marie présentent Jésus au temple. —

2° Offrande du saint Sacrifice. —

PREMIER POINT. — Considérez saint Joseph accompagnant la Très-Sainte-Vierge au temple, pour offrir avec elle Jésus au Père éternel, quarante jours après sa naissance, comme le prescrivait la loi de Moïse. Ah ! sans doute, Joseph, établi Chef de la sainte Famille, n'a rien de plus précieux au monde que le divin Enfant, qui est devenu son Fils adoptif et qu'il aime d'un si brûlant amour. C'est cependant l'offrande précieuse qu'il vient déposer sur l'autel et offrir au Seigneur, généreusement et sans réserve. Que dis-je ? Éclairé par la prophétie du vieillard Siméon sur les destinées de cet adorable Enfant, et l'âme percée d'un glaive de douleur, il l'offre, avec Marie, afin qu'un jour il soit immolé sur l'autel du Calvaire pour le salut du monde. Le Dieu d'Abrahàm semble lui dire : « Prends ton fils unique, que tu aimes, et viens me l'offrir en holocauste. » — Il répond : « Seigneur, je le veux, parce que votre loi est au fond de mon cœur. Oui, recevez cet Agneau sans tache dont le sang doit bientôt effacer les péchés des hommes. J'unis mon sacrifice à celui de Jésus mon Fils d'adoption, je m'offre tout à vous, ô mon Dieu, pour n'aimer et ne servir que vous seul, et accomplir en tout votre sainte volonté. » — Oh ! combien l'offrande généreuse de Joseph, faite dans de si saintes dispositons, dût être agréable au Seigneur ! —

Dieu demande de vous, âme chrétienne, que vous lui offriez vos actions de chaque jour ; c'est une pratique très-salutaire et un véritable devoir, puisque le Seigneur ne nous a donné l'existence que pour le servir. Soyez-y donc fidèle ; dites chaque matin à votre réveil : Mon Dieu je vous offre mon cœur et tout ce que je penserai, dirai, souffrirai aujourd'hui.

Deuxième point. — Quand nous avons le bonheur d'assister au très-saint sacrifice de la Messe, nous présentons aussi Jésus à son Père, comme saint Joseph. Nous disons avec le prêtre : « Père très-clément, nous vous supplions d'avoir pour agréable cette Hostie pure, sainte, immaculée, que nous vous offrons pour votre sainte Eglise et pour tous les fidèles. » — Eh bien ! assistons-nous à cet auguste sacrifice avec les dispositions qui animaient saint Joseph offrant Jésus au temple ? Pensons-nous, pour ranimer notre dévotion, qu'une seule messe, dit saint Liguori, procure plus de gloire à Dieu que ne lui en pourront jamais procurer les mérites réunis de tous les saints, et que les fruits que nous en recevons surpassent ceux que nous pourrions retirer de nos autres prières de toute notre vie ? Enfin, nous unissons-nous à la grande Victime pour nous offrir nous-même à Dieu, avec tout ce qui nous appartient ? Il faut gémir amèrement, dit l'*Imitation*, de ce que la plupart apprécient si peu ce mystère de salut qui réjouit le ciel et conserve tout l'univers.

Prenez donc aujourd'hui la ferme résolution, âme chrétienne, d'assister à l'avenir plus souvent et plus dévotement à la sainte Messe. Oh ! alors, adoration, actions de grâces, expiation, aide aux vivants, secours aux défunts, vous trouverez tout dans la coupe de salut que vous offrirez à la Majesté divine. O Marie ! ô Joseph ! faites que je vous imite et que désormais je me représente que vous êtes à mes côtés lorsque j'assisterai au saint sacrifice de la Messe.

EXEMPLE

Dans une lettre datée du 20 septembre 1871, écrite par M. Bouveret, curé de Byans, nous trouvons le trait suivant qui prouve combien est efficace le saint sacrifice de la Messe. — « Depuis dix-sept ans, j'avais en résidence dans ma paroisse un protestant obstiné. Les ouvertures qu'on lui avait faites de temps à autre pour rentrer dans le sein de l'Eglise avaient toujours été repoussées. Au mois d'août dernier, il tombe dangereusement malade ; appelé près de lui, je lui fais de nouveau la proposition ; il me répond par un *non* bien accentué. Eh bien ! lui dis-je, je vais célébrer la sainte Messe, je prierai pour vous de tout mon cœur; priez vous-même pour que Dieu vous inspire la meilleure résolution. Puis, après avoir recommandé à sa famille, qui est toute catholique, de prier pour lui, je me rends à l'église. Avant de commencer la Messe, je mets mon malade sous la protection de saint Joseph; je place un cierge ardent devant son autel, et je promets, s'il convertit mon protestant, de publier cette faveur. Le saint Epoux de Marie a exaucé ma prière. Etant retourné vers le malade après la sainte Messe, je trouve ses dispositions toutes changées. Il accepte avec empressement ma proposition, fait franchement son abjuration et reçoit avec une parfaite bonne volonté tous les sacrements de l'Eglise. Il était temps. Douze heures après, il mourait, mais il mourait en bon et fervent catholique. Gloire soit rendue à saint Joseph! Il a comblé de joie le pasteur, sa famille et toute la paroisse. »

PRIÈRE

Grand Saint, qui le premier avez offert Jésus à son Père sur l'autel de votre cœur, prêtez-moi vos sentiments, votre foi, votre amour, votre piété, lorsque j'assiste au saint sacrifice. Ah! si mes mains, si mes lèvres, si mon cœur étaient plus purs, que de fruits je retirerais de la sainte Messe! A l'avenir, je me représenterai que vous êtes à côté de moi, près de l'autel, et je serai plus fervent. Ainsi soit-il.

DIXIÈME JOUR

L'Exil.

1° Fuite en Egypte. —
2° Séjour en Egypte. —

PREMIER POINT. — Tout est calme à Nazareth : c'est la sérénité du ciel. Soudain, au milieu de la nuit, l'ange du Seigneur éveille Joseph. « Levez-vous promptement, dit-il, prenez l'Enfant et sa Mère, et fuyez en Egypte, car il arrivera qu'Hérode cherchera l'Enfant pour le faire mourir. » — O Dieu ! quelle épreuve pour la foi de Joseph ! Son Fils, le Fils du Très-Haut, est poursuivi par un cruel tyran qui a juré sa mort. L'ange lui-même paraît alarmé du péril de l'Enfant, « et il semble, dit un saint Père, que la terreur ait saisi le ciel avant que de se répandre sur la terre. » — Mais, d'autre part, quelle soumission ! Joseph obéit sans délai ; il prend l'Enfant Jésus entre ses bras et part pour l'Egypte avec Marie. — Représentez-vous, âme chrétienne, la sainte Famille dans cette fuite précipitée : suivez-la à travers des pays inconnus et des déserts arides, sans autre nourriture que le pain de l'aumône ou du miracle, sans autre guide que l'abandon à la divine Providence, sans autre abri que la voûte du ciel, durant un voyage d'environ cent cinquante lieues. Qui pourrait exprimer de pareilles tribulations, s'écrie Albert le Grand : *Quæ major tribulatio ?...* Ah ! c'est que Jésus est venu au monde afin de nous sauver par la croix. A peine est-il né, qu'il la porte lui-même et la fait porter à sa Mère et à son Père nourricier, afin de les associer à l'œuvre de la Rédemption. « Oui, s'écrie Bossuet, quand Jésus entre quelque part, il y entre avec sa croix, il y porte avec lui toutes ses épines, et il en fait part à tous ceux qu'il aime. »

Acceptez donc, âme chrétienne, la croix que le Maître vous présente ; elle est le gage de son amour, le signe du salut, la clef du ciel. — « Oui, aimons bien nos croix, dit saint François de Sales, elles sont toutes d'or. »

DEUXIÈME POINT. — Arrivé sur la terre d'Egypte, saint Joseph se fixa, selon la tradition, dans une ville appelée Héliopolis, et y demeura sept ans environ. Qui pourra concevoir tout ce qu'il endura de privations, de souffrances et de mépris durant ce long exil ! Tous les écrivains s'accordent à dire, avec saint Bonaventure et Marie d'Agréda, qu'il fut soumis, avec Jésus et Marie, à l'excès de la pénurie et de la misère. Pressé par la faim, le divin Enfant, dit un pieux auteur, demanda quelquefois du pain à Joseph, et Joseph ne pouvait lui en donner ! Quelle détresse ! quelle épreuve pour le cœur d'un Père si tendre ! Et comme ce cœur devait saigner aussi de voir le Sauveur si offensé au sein de cette nation païenne, où tout était dieu excepté Dieu lui-même. Il voyait l'idolâtrie sous les formes les plus ignobles, et avec le cortége des vices les plus grossiers. Oh ! quel spectacle pour des yeux si purs ! Cependant, au milieu de tant de souffrances, le courage du saint Patriarche ne se démentit jamais. Il trouvait dans la compagnie de Jésus et de Marie les consolations dont il avait besoin pour supporter patiemment les rigueurs de l'exil. « Etre avec Jésus, dit l'*Imitation*, c'est un paradis. »

Le monde est pour nous, âme chrétienne, une terre d'exil, une vallée de larmes, où nous gémissons et pleurons sans cesse : *Gementes et flentes*. Apprenons de notre saint Protecteur que c'est dans une union intime avec Jésus et Marie que nous puiserons force, appui et consolation. En même temps, soupirons vers le ciel, notre chère et bienheureuse patrie, où nous nous réjouirons éternellement en la société de Jésus, Marie, Joseph. Disons-nous souvent : Un moment de peine, une éternité de bonheur.

EXEMPLE

Des âmes pieuses, en méditant sur la fuite de la sainte Famille en Egypte, ont eu l'heureuse inspiration d'honorer saint Joseph comme patron des voyageurs.

Un jeune homme, engagé dans la marine marchande, quittait sa ville natale, il y a deux ans, pour se rendre du Havre à Marseille. A peu près en face de Cadix, le capitaine du vaisseau lui commande d'aller resserrer la corde d'un mât qui malheureusement était pourrie. Pendant que le jeune homme exécute l'ordre qui lui était donné, la corde se rompt; il est précipité au fond de l'abime. Il y demeure une heure entière, essayant toujours, en nageant et en combattant contre les flots, de rattraper le navire, qui semblait fuir à mesure qu'il s'en approchait. Déjà ses mains se paralysaient et ses forces épuisées se perdaient sans retour, lorsqu'il se ressouvint que sa sœur, en lui disant adieu, avait placé, dans la poche de son habit, une statuette de saint Joseph et avait prié ce grand Saint de bénir son voyage et de le ramener sain et sauf. A l'instant, son courage se ranime; il invoque avec foi et confiance son bienheureux Protecteur et promet de faire dire une messe en son honneur s'il le sauve de cet imminent danger. Aussitôt sa prière est exaucée, il se sent soutenu sur les flots par une main invisible, et il parvient à atteindre le navire au moyen d'une corde que lui jette le capitaine. Sauvé par une protection visible de saint Joseph, notre reconnaissant jeune homme s'est empressé d'accomplir son vœu. Il a assisté à la messe d'action de grâces avec toute sa famille, et il a prié l'Epoux de Marie de le préserver et de le délivrer toujours de tout danger.

PRIÈRE

O Joseph, vous qui accompagnâtes l'Enfant Jésus dans tous ses voyages, daignez être mon guide, mon appui dans toutes mes voies. Ne permettez pas que je m'écarte jamais du droit sentier de la justice, ni que je perde la sainte compagnie de Jésus et de Marie. Préservez-moi de tout danger, fortifiez-moi dans mes fatigues jusqu'à ce que je parvienne à la terre des vivants, où je goûterai avec vous le repos éternel. Ainsi soit-il.

ONZIÈME JOUR

Vie de saint Joseph à Nazareth.

1º Vie commune. —
2º Vie intérieure. —

PREMIER POINT. — Hérode étant mort, l'Ange du Seigneur apparut de nouveau à Joseph et lui dit : « Levez-vous, prenez l'Enfant et sa mère, et retournez au pays d'Israël. » La sainte Famille rentra donc dans la maison de Nazareth où s'était accompli le mystère de l'Incarnation. Contemplez attentivement, âme chrétienne, la vie de saint Joseph durant les vingt années qu'il passa dans son humble retraite. Cette vie n'avait en apparence rien d'éclatant ni d'extraordinaire, rien de ce qui peut attirer l'admiration des hommes. L'Evangile n'en dit pas un mot. Il y avait alors à Jérusalem et à Rome des hommes illustres qui remplissaient le monde de leur renommée, car c'était le siècle d'Auguste. Mais personne ne savait ce qui se passait dans l'atelier de saint Joseph, à Nazareth. On ne voyait en lui qu'un humble artisan, un charpentier, tout occupé du travail que nécessitait sa position et des soins qu'il devait à Jésus et à Marie. Et cependant, sous ces apparences si communes, quels trésors de grâces et de sainteté n'étaient pas cachés ! Ah ! c'est que saint Joseph faisait bien toutes choses ; ses actions, quoique communes et ordinaires, étaient pleines de mérite devant Dieu, parce qu'il les faisait avec l'intention la plus pure et la charité la plus ardente.

Instruisez-vous, âme chrétienne, et sachez bien que la sainteté ne consiste pas à remplir des emplois honorables et à faire de grandes choses, mais à sanctifier par des vues surnaturelles les actes de la vie commune et ordinaire. Tout ce qui n'est pas pour Dieu est perdu pour l'éternité. Ah! combien se donnent beaucoup de peine et paraîtront les mains vides au jugement dernier! Soyez donc fidèle dans les petites choses, c'est le secret de la perfection et la voie la plus sûre pour arriver au ciel.

DEUXIÈME POINT. — Saint Joseph est encore un parfait modèle de la vie intérieure. Renfermé dans son humble atelier, il faisait ses délices de la solitude et de la retraite, et ne paraissait en public que lorsqu'il y était obligé par les devoirs de son état. Tout son bonheur consistait à jouir de la présence de Jésus et de Marie et à reproduire les vertus qu'il admirait en eux. Dieu lui prodiguait ses grâces, il l'enrichissait de ses trésors les plus précieux, et Joseph goûtait ces grâces, il appréciait ces trésors. Comme Marie, il *conservait tout* dans son cœur et n'en parlait jamais. Oh! que de mérites, que de vertus dût acquérir notre saint Pa-

triarche dans cette vie de recueillement,
dans ce silence des créatures et des passions,
dans cette constante union à Jésus et à Marie !
« Ces merveilles de l'âme de saint Joseph,
dit un pieux auteur, sont inénarrables aux
langues humaines, mais nous les connaî-
trons au jour des grandes manifestations ;
alors seront révélées ces splendeurs surnaturelles que son humilité a dérobées aux
regards ; alors éclatera aux applaudissements
universels, ce prodige de sainteté, voilé
sous les dehors d'une obscure condition. »

Apprenons, âme chrétienne, quel est le
bonheur et l'excellence de la vie intérieure
et de l'union intime avec Dieu. Ah ! si nous
voulons tendre sérieusement à la perfection,
il faut, comme notre glorieux modèle, aimer à vivre cachés, ignorés : *Ama nesciri*.
« La terre est dans la désolation, parce
qu'il n'est personne qui rentre au fond de
son cœur. » O Dieu de bonté et d'amour,
faites qu'à l'exemple de saint Joseph je marche toujours en votre présence.

EXEMPLE

La séraphique Thérèse assure que saint Joseph est un grand maitre de la vie intérieure et qu'il apprend des choses merveilleuses aux âmes dont il est le protecteur. En voici un exemple rapporté par le pieux père Surin. — « En partant de Rouen, écrivait-il, j'étais en voiture auprès d'un jeune homme d'environ dix-huit ans; son extérieur était des plus simples et son langage celui d'un homme sans instruction. Domestique depuis plusieurs années, il n'avait rien appris et ne savait ni lire, ni écrire. Quel fut donc mon étonnement, en conversant avec lui, de voir que ses lumières étaient admirables! Il me parla, en effet, de la vie intérieure avec tant de clarté, d'abondance et de solidité, que j'en étais dans le ravissement, n'ayant jamais rien lu ni entendu d'aussi satisfaisant, ni d'aussi élevé sur cette matière. Il faisait une oraison perpétuelle. Je reconnus que les fondements de sa vie spirituelle étaient une grande simplicité, une profonde humilité et une pureté angélique. Je lui demandai s'il était dévot à saint Joseph. Depuis six ans, me dit-il, je me suis mis sous sa protection spéciale, d'après le conseil de Jésus-Christ lui-même. Et là-dessus il se mit à faire le plus bel éloge des prérogatives de ce grand Saint, en m'assurant qu'il tenait tout cela du Sauveur lui-même. Ce maitre des âmes, comme il l'appelait, avait été le sien dans la science suréminente qu'il possédait à un degré si étonnant. »

PRIÈRE

O bienheureux Joseph, que j'éprouve de consolation et de charme à contempler l'édifiant spectacle que me présente votre humble maison de Nazareth, plus belle à mes yeux que les palais des rois. Le travail, la prière, le recueillement en font le sanctuaire de la paix et de la vertu. Obtenez-moi, grand Saint, d'aimer comme vous la retraite, de fuir le monde et d'obéir à la voix de Dieu qui m'appelle dans la solitude pour me parler au cœur. Ainsi soit-il.

DOUZIÈME JOUR

Joseph perd et retrouve Jésus.

1° Sa douleur. —
2° Sa joie. —

PREMIER POINT. — Chaque année, dit l'évangéliste, Joseph et Marie montaient à Jérusalem pour la fête de Pâques; Jésus, ayant atteint l'âge de douze ans, fit le voyage avec eux. La solennité terminée, Joseph et Marie reprirent le chemin de Nazareth, mêlés à d'autres pèlerins de la même contrée. Ils voyageaient séparés, Joseph avec les hommes, suivant l'usage reçu, et Marie avec les femmes. Ni l'un ni l'autre n'était en peine de l'Enfant ; Joseph le croyait avec sa mère, Marie le croyait en la compagnie de Joseph. Le soir, après une journée de marche, ils se rejoignirent ; mais le divin Enfant n'était pas présent ! Qu'on juge de la tristesse profonde de Marie et de Joseph ! Jésus, leur amour, leur consolation, leur vie n'était pas avec eux ! Inquiets, ils le cherchent, ils l'appellent, ils le demandent à tous ceux qu'ils rencontrent : *Dolentes quærebamus te.* Ainsi se passent deux longues journées. O Marie ! ô Joseph ! que d'inquiétudes, que d'angoisses, que de larmes !

On perd Jésus de deux manières : d'abord par le péché, et c'est une punition. Oui, âme chrétienne, Jésus sort d'un cœur où le démon vient d'entrer, il se dérobe à ses regards, il y laisse régner le cruel tyran de l'enfer. Malheur affreux qui devrait être pleuré avec des larmes de sang ! O Joseph ! daignez m'en préserver. O Jésus ! restez toujours avec moi. — On perd encore Jésus par les désolations intérieures, et c'est une épreuve. On croyait marcher avec lui et voilà qu'il disparaît. Ame affligée, oh ! ne désespérez pas ; Jésus n'est pas perdu pour toujours, vous le retrouverez bientôt. Souffrez avec patience cette épreuve, elle vous sera plus utile que les consolations sensibles. Fortifiez votre volonté par la prière ; persévérez dans vos exercices de piété ; adressez-vous avec confiance à Marie et à Joseph, et ils vous aideront à retrouver le calme, la paix et la joie intérieure.

DEUXIÈME POINT. — Après trois jours de recherches et d'anxiété, Joseph et Marie retrouvent Jésus dans le temple de Jérusalem. Quel spectacle frappe leurs yeux ! « Jésus était assis au milieu des Docteurs de la loi ; il les écoutait et les interrogeait, et tous ceux qui l'entendaient étaient ravis d'admiration à cause de la sagesse de ses réponses. » A ce moment, quel transport d'allégresse, après tant d'angoisses ! Quelle ineffable joie pour le cœur de Joseph ! Il retrouve enfin son bien-aimé Jésus qu'il a eu la douleur de perdre et qu'il a tant cherché ; il le trouve, non dans les assemblées du monde, mais dans la maison de Dieu, au milieu des Docteurs, excitant, à l'âge de douze ans, l'admiration des maîtres en Israël, et révélant pour la première fois sa divinité à qui voulait la reconnaître. Oh ! sans doute, ce moment fut un des plus beaux dans la vie de notre glorieux Patriarche. Il appelle l'Enfant Jésus, le reçoit dans ses bras, le presse sur son cœur en s'écriant : « J'ai retrouvé mon bien-aimé, je ne le quitterai plus. »

C'est dans le temple que Joseph retrouve Jésus après l'avoir cherché inutilement ailleurs. C'est là aussi que vous le retrouverez, âme chrétienne. Il ne peut plus fuir, il est enchaîné au Tabernacle par les liens de l'amour. Là aussi il donne d'admirables leçons ; il parle au cœur et il l'interroge. Allons donc souvent apprendre de lui la science des Saints et le chemin du Ciel. Un mot qu'il

3

nous dira au fond de l'âme nous en apprendra plus que toutes les lectures et les méditations. Et que nous serviraient les livres et les réflexions, s'il ne nous parlait lui-même ?

EXEMPLE

Une jeune personne ayant eu le malheur de commettre une faute grave contre un vœu qu'elle avait fait, n'osa pas la déclarer à son confesseur, et elle ajouta le sacrilège à son premier crime. Aussitôt le trouble et l'agitation s'emparèrent de ce pauvre cœur et ne lui laissèrent aucun repos. Souvent on l'entendait s'écrier à haute voix : « Malheureuse que je suis, j'ai perdu mon Dieu ! » Ainsi le souvenir de sa double faute la poursuivait partout et empoisonnait toute son existence. Ah ! elle est terrible la lutte d'une âme aux prises avec le remords ! Cette pauvre infortunée voyait bien qu'elle ne pourrait guérir sans découvrir sa plaie au médecin spirituel, mais elle n'en avait pas le courage. Heureusement il lui vint en pensée d'appeler saint Joseph au secours de sa faiblesse. Elle récita pendant neuf jours de suite l'hymne et l'oraison du saint Patriarche. O prodige ! la neuvaine terminée, la pauvre pécheresse se lève, court se jeter aux pieds d'un confesseur et lui fait sans peine l'aveu de tous ses crimes. Alors la paix, la joie, le bonheur rentrent dans son âme. « Oh ! qu'il fait bon, dit-elle, retrouver le Dieu d'amour et de miséricorde! Je le possède et ne le perdrai plus! » Depuis cet heureux moment, elle voua un culte de tendresse et de reconnaissance à son Protecteur saint Joseph. De son côté, le Saint se plut à récompenser sa dévotion et sa fidélité par des grâces extraordinaires.

PRIÈRE

O glorieux saint Joseph, obtenez-moi la grâce de bien veiller sur moi, afin de ne pas m'exposer à perdre Jésus. Ah! si ce malheur venait à m'arriver, inspirez-moi votre courage et votre persévérance à le chercher jusqu'à ce que je le retrouve. Alors, je ne le quitterai plus et m'attacherai à lui jusqu'à mon dernier soupir. Ainsi soit-il.

TREIZIÈME JOUR

La sainte Famille à Nazareth.

Revenons, ô âme chrétienne, à la sainte maison de Nazareth, et arrêtons notre pensée sur les vertus que chaque membre de la sainte Famille pratiquait si admirablement.

Premier point. — SAINT JOSEPH. — En

sa qualité de Chef de l'auguste Famille, Joseph représente Dieu : c'est donc lui qui commande et dirige. Mais avec quel respect, dit un savant prélat, avec quels ménagements dans la forme le saint Patriarche devait imposer sa volonté à Jésus et à Marie ! Son commandement était empreint de simplicité, d'humilité, de douceur. Origène nous peint en deux mots Joseph partagé entre l'humilité et le devoir qui le sollicitait : « Il commandait en tremblant. » Ce qu'il ordonnait aux autres il le pratiquait d'abord lui-même, et ainsi son exemple en inspirait plus que ses paroles. Pères de famille, voilà votre modèle : l'imitez-vous dans la manière dont vous commandez ? Saint Paul vous avertit de ne pas provoquer la colère par le ton brusque du commandement et de rehausser votre autorité par le bon exemple. Le faites-vous ? Ah ! si vous aimiez votre famille comme Joseph aimait Jésus et Marie, votre maison ressemblerait à celle de Nazareth.

DEUXIÈME POINT. — MARIE. — Elle faisait en tout la volonté de son saint Époux, sans observation et sans résistance, sachant

bien que cette volonté était toujours confor-
me à celle de Dieu. Jamais épouse n'aima
aussi tendrement son époux et ne lui porta
plus de respect, de dépendance et de soumission. Quand elle interposait son autorité
auprès de son Fils, c'était sur le ton de la
prière, comme à Cana, ou d'un reproche
tendre et maternel, comme dans le temple.
Mères chrétiennes, imitez la Très-Sainte-
Vierge dans sa soumission, son abandon aux
volontés de son chaste Epoux. Veillez surtout
sur vos enfants. Vous avez sur eux moins
d'autorité que le père, et vous exercez cependant plus d'influence. Ah! si vous saviez
ce que peuvent vos prières et vos larmes sur
le cœur de ces chers enfants pour les conserver dans le service et l'amour de Dieu!
Si vous saviez ce que peuvent vos prières et
vos larmes sur le cœur de Dieu pour le
salut éternel de votre époux et de vos enfants!

TROISIÈME POINT. — JÉSUS. Saint Luc
faisant le récit de ce que Jésus accomplit
durant trente années, le renferme tout entier dans ces trois mots : « Il leur était sou-

mis : *Erat subditus illis.* » Voilà donc toute
l'histoire de l'enfance et de la jeunesse de
Celui qui allait accomplir l'œuvre immense
de la Rédemption : Il était parfaitement soumis à Joseph et à Marie en tout ce qu'ils lui
commandaient. L'Evangile ajoute, il est vrai,
que Jésus paraissait plein de grâces devant
Dieu et devant les hommes, mais c'est là
une conséquence de son esprit de soumission et d'obéissance.

O enfants chrétiens, soyez soumis et
obéissants comme l'Enfant Jésus : cette vertu
résume et suppose pour vous toutes les
autres. Vous serez, vous aussi, pleins de
grâces et de mérites devant Dieu et devant
les hommes. Peut-être la mort vous a-t-elle
ravi vos pieux parents ; hélas ! vous êtes
orphelins. Eh bien ! rappelez-vous les sages
recommandations qu'ils vous firent en mourant, et tâchez d'y conformer votre conduite.

Nazareth ! voilà donc, âme chrétienne, le
type le plus parfait de la vie de famille. C'est
l'image de la Trinité du Ciel, l'image du
Paradis. Allons donc souvent nous instruire

et nous édifier dans cette sainte maison. O
Nazareth ! si jàmais je t'oublie !... O sainte
Famille ! ô Jésus, Marie, Joseph ! vous trouver, c'est la vie; participer à vos entretiens,
c'est le salut. *Bienheureux*, Seigneur, *ceux
qui habitent dans votre demeure; ils vous
loueront dans tous les siècles des siècles.*

EXEMPLE

Les vœux et les prières d'une bonne mère sont tôt
ou tard exaucés. En voici une preuve frappante :

Un jeune homme appartenant à une pieuse famille
du Nord avait été enrôlé parmi les mobiles de son
département. Sa mère, désolée de son départ, l'avait
recommandé avec larmes au saint Patron des familles,
et elle avait même offert à Dieu le sacrifice de sa
propre vie pour sauver celle de son fils. Saint Joseph
veilla sur le jeune homme, et après bien des dangers
et des fatigues, le 18 mars, veille de sa fête, il le
rendit à sa bonne mère, dont le cœur surabonda de
joie et de reconnaissance.—Hélas ! son bonheur devait
être de courte durée. Le jeune homme était rentré
dans sa famille malade et souffrant. Huit jours après,
il fut atteint de la petite vérole avec des caractères si
alarmants que les médecins désespéraient de le sauver.

Sa tendre mère voulut le soigner, et afin d'assurer
plus efficacement sa guérison, elle renouvela, par

l'entremise de saint Joseph, le sacrifice qu'elle avait offert à Dieu. « Seigneur, disait-elle, acceptez ma propre vie et épargnez celle de mon fils. » Elle fut exaucée. L'enfant guérit, mais la pauvre mère, atteinte de la petite vérole, fut conduite en quelques jours aux portes du tombeau, et elle expira le 24 avril, victime de son dévouement et de sa tendresse.

Oh! qu'il est vrai que le cœur d'une mère est le chef-d'œuvre du Ciel!

PRIÈRE

Très-sainte, très-auguste Famille de Nazareth, protégez les familles chrétiennes; protégez la mienne en particulier. Que les noms de ceux qui la composent s'enchaînent l'un à l'autre de manière que la mort ne les sépare pas. Faites que j'aie le bonheur de les retrouver tous un jour dans le Ciel. Ainsi soit-il.

QUATORZIÈME JOUR

Amour de saint Joseph pour Jésus.

1º Amour tendre. —
2º Amour généreux. —

PREMIER POINT. — « En même temps, dit

le célèbre abbé Rupert, que Dieu forma du pur sang de Marie le corps de son Fils, il remplit le cœur de Joseph de l'amour le plus ardent pour ce cher Fils. Il se fit alors une effusion du cœur du Très-Haut dans celui de notre saint Patriarche. » L'amour de Joseph ne fut donc pas un amour purement humain, mais un amour surnaturel, très-pur et très-tendre, qui s'alimentait sans cesse au foyer divin de l'amour de Jésus. « L'Enfant-Dieu, dit saint Bernardin de Sienne, agissait sur l'âme de son Père nourricier par toutes les voies extérieures, par son regard, par son filial sourire, par ses paroles, par ses caresses. » — « Oh ! quel incendie d'amour, ajoute saint Liguori, s'allumait dans le cœur de Joseph quand il portait dans ses bras cet adorable Enfant, quand il le pressait sur son cœur, quand il le voyait croître sous ses yeux ! » N'étaient-ce pas sans cesse de nouvelles flammes qui venaient augmenter sa tendresse pour ce Dieu Sauveur? Non, aucun saint, après Marie, n'a aimé Jésus comme Joseph.

Ah ! que vous seriez heureuse, âme sainte,

si vous pouviez aimer Notre-Seigneur comme l'Epoux de Marie, qui ne vivait et ne respirait que pour lui ! Comme l'aimait saint François de Sales, qui s'écriait souvent : Ou aimer ou mourir ! Comme l'aimait le bon curé d'Ars, qui disait d'une manière si touchante : Le bon Dieu a créé les petits oiseaux pour chanter, et ils chantent ; il a créé les hommes pour l'aimer, et les hommes ne l'aiment pas. — O mon Jésus ! donnez-moi la charité de saint Joseph et je n'aurai plus rien à désirer sur cette terre.

DEUXIÈME POINT. — L'amour de Joseph pour Notre-Seigneur ne fut pas seulement affectif, il fut souverainement généreux. C'est par les œuvres surtout, dit un saint, que se manifeste la véritable charité : *Probatio amoris, exhibitio est operis.* Or, si on excepte la Sainte-Vierge, quel est le saint qui ait, plus que Joseph, travaillé pour Jésus-Christ et pour sa gloire ? Les apôtres ont prêché sa doctrine, les martyrs l'ont scellée de leur sang, les docteurs lui ont consacré leurs travaux, les âmes généreuses ont nourri ses pauvres, mais saint Joseph a rendu au Sauveur lui-même, à sa personne divine tout ce que les saints ont fait pour son corps mystique. Pour lui, il a fui en Egypte, à travers les périls du désert, afin de le sauver de la persécution ; pour lui, il a quitté la Judée et s'est établi en Galilée, afin de l'arracher à la fureur jalouse du fils d'Hérode ; pour lui, il a travaillé à la sueur de son front, afin de nourrir son corps sacré ; pour lui, il a vécu humble, pauvre, caché, sans assister au triomphe de son apostolat ni aux joies de sa résurrection. Toute sa vie a donc été consacrée à Notre-Seigneur ; pouvait-il faire davantage ? pouvait-il lui témoigner plus d'amour ?

Considérez bien, âme chrétienne, que le véritable amour de Jésus consiste principalement à souffrir, à se sacrifier avec lui et pour lui. *Si quelqu'un m'aime,* dit ce doux Sauveur, *qu'il se renonce lui-même, qu'il prenne sa croix et me suive tous les jours.* « Jamais la vie de l'amour, assure l'*Imitation*, ne se passe de souffrance, et quiconque n'est pas prêt à tout souffrir, ne mérite pas d'être le disciple d'un Dieu crucifié. O mon Sauveur, on vous aime pour se consoler, mais on ne vous aime point pour vous suivre jusqu'à la mort de la croix. On vous accompagne volontiers au Thabor, mais on refuse de monter avec vous au Calvaire. » O Amour, vous n'êtes pas aimé !

EXEMPLE

Il y a peu de temps, un riche négociant de Paris, indifférent en religion et très-hostile à toute pratique de piété, mit ses deux filles dans un excellent pensionnat dédié à saint Joseph, où elles reçurent une forte éducation religieuse. Devenu veuf, il rappela chez lui sa fille aînée, âgée de seize ans, pour diriger sa maison. Cette jeune personne, aussi ferme que pieuse, n'interrompit aucune de ses habitudes chrétiennes ; mais elle fut obligée de se cacher pour ne pas irriter son père. Sans cesse, elle priait saint Joseph de soutenir son courage et de toucher le cœur de son pauvre père. Celui-ci la surprit un matin qu'elle revenait de la messe avec sa femme de chambre, et lui demanda si elle avait communié. « Oui, mon père, répondit la jeune fille, et j'ai bien prié pour vous. » « Et communies-tu souvent ? ajouta le père. » « Oui, mon père, j'ai ce bonheur souvent et très-souvent ; c'est là que je puise la force de remplir tous mes devoirs et en particulier d'être pour vous pleine de dévouement et d'affection. » Le père se tut un instant et baissa la tête. Lorsqu'il la releva, ses yeux étaient pleins de larmes, et, embrassant sa fille non moins émue que lui, il lui dit : « Mon enfant, que je suis heureux d'avoir une fille comme toi ; tu m'as vaincu par tes prières et ton courage ; je serai chrétien désormais ! »

PRIÈRE

O Jésus, bonté infinie, qui avez tant aimé les hommes et qui avez tant fait pour en être aimé, d'où vient qu'il y en a si peu qui vous aiment? Ah! je ne veux pas être du nombre de ces malheureux ingrats. Je désire vous aimer de tout cœur jusqu'à mon dernier soupir. Accordez-moi cette grâce par l'entremise de votre Père nourricier, saint Joseph. Ainsi soit-il.

QUINZIÈME JOUR

Saint Joseph modèle de la vie de famille.

1° Ce qui nuit à la vie de famille. — 2° Ce qui fortifie la vie de famille. —

PREMIER POINT. — Une des grandes plaies

de notre époque, c'est la désorganisation de la famille. « La révolte est partout et la vie de famille s'en va, dit-on de toutes parts. » Le manque d'autorité chez les parents, la répugnance des enfants pour la profession paternelle, le délaissement des campagnes pour le séjour des grandes villes, l'amour effréné de la liberté et de l'indépendance, telles sont les principales causes de la désorganisation de la famille. Or, le moyen le plus propre à ramener la vie de famille, c'est la dévotion à saint Joseph, le Chef de la Famille modèle de Nazareth. Voyez-le, cet illustre Patriarche, assis au foyer béni que la terre ignore mais que le Ciel admire. Rien ne lui est plus cher que sa pauvre chaumière; il l'aime mieux que les palais des rois. Père nourricier de l'Enfant-Dieu, devenu son instituteur et son maître, il le forme au travail, il lui apprend son métier, il lui enseigne à manier la scie et le rabot. Voyez Jésus accepter avec plaisir l'état et les leçons de son Père : il était artisan et fils d'artisan : *Faber et fabri filius*. C'est son titre de gloire. Voyez-le rendre à Joseph et à Marie tous les offices qu'un bon fils doit à ses parents. Quel tableau ! quel touchant spectacle ! cherchons à le reproduire au sein de chaque famille. Parents chrétiens, à l'exemple de saint Joseph, retenez vos enfants auprès de vous; initiez-les de bonne heure à votre profession, afin qu'ils travaillent sous vos yeux, qu'ils soient le soutien de votre vieillesse et vous remplacent un jour honorablement dans la maison paternelle. Et vous, chers enfants, consultez Dieu sur le choix d'un état de vie; soyez toujours plus portés pour le métier et la condition de vos parents que pour toute autre. Vivez avec eux, travaillez sous leurs regards, en vous rendant les mutuels devoirs qui sont l'honneur et la joie d'une famille chrétienne.

DEUXIÈME POINT. — Ce qui fortifie et alimente la vie de famille, c'est la chrétienne observance du dimanche, l'assistance aux offices; c'est la prière et la lecture faites en commun, les délassements et les fêtes au foyer domestique, les devoirs de respect et d'affection rendus, soir et matin, au chef de

la famille. Que se passe-t-il dans l'intérieur
de Nazareth ? Là, dans cette admirable Famille, les peines et les soucis, les joies et
les consolations, le travail et le repos, la
prière et la lecture des livres sacrés sont en
commun. Là, point d'autres absences que
celles qui sont commandées par la loi. Jésus,
Marie et Joseph vont ensemble au temple,
ensemble aux fêtes publiques, ensemble
aux délassements, ensemble toujours. Quelle
maison fut jamais plus digne de l'admiration
des Anges et des hommes ? C'était véritablement une image du Paradis, séjour de paix,
de concorde, d'union mutuelle ; une image
sensible de l'union qui existe au Ciel entre
les trois personnes divines. Ici on peut s'é-
crier : *O beata solitudo ! o sola beatitudo !*
O chère solitude de Nazareth ! ô souveraine
béatitude ! Ah ! quel aspect délicieux pré-
senteraient les familles, si saint Joseph en
était établi le gardien et le protecteur, et si
chaque membre l'honorait d'un culte particulier. « J'ai vu mille exemples, dit un pieux
auteur, de la protection de ce grand Saint
sur les familles chrétiennes : j'ai vu des

pères convertis, des mères guéries miraculeusement, des enfants sauvés de toutes les passions du monde, des vocations affermies, des ménages réconciliés, des familles entières arrachées à la misère. » Redisons donc souvent et avec confiance cette belle invocation : Saint Joseph, Chef de la plus noble et de la plus sainte de toutes les familles, priez pour nous.

EXEMPLE

Dans une modeste maison de Bordeaux vivait, il y a peu d'années, une jeune femme dont on plaignait avec raison la vie triste et abandonnée. Son mari, entraîné par les mauvaises compagnies, désertait le foyer domestique et n'y revenait jamais que pour mau dire la misère et les privations qui l'y attendaient. Douce et pieuse, sa jeune femme pleurait et priait, mais elle ne murmurait pas. Elle avait pour se consoler un jeune enfant dont la tendresse angélique la dédommageait de l'abandon où la laissait son mari. Le soir, pendant ces longues veillées qu'elle passait seule au coin de son foyer mal entretenu, la pauvre mère, avant de poser son fils dans son berceau, lui enseignait ses prières. Ensuite, elle l'endormait en lui répétant les doux noms de Jésus, Marie et Joseph. Un jour cependant, son mari n'ayant pas rencontré ses compagnons de plaisir, se décide à revenir chez lui achever la soirée à peine commencée. Au moment où il allait entr'ouvrir la porte, il s'arrête : la voix de sa femme l'a frappé. Avec qui peut-elle ainsi parler, se demande-t-il, le cœur déjà en proie à d'injustes soupçons. Il pousse la porte à petit bruit. Quel spectacle se présente alors à sa vue! La jeune femme est à genoux, elle tient son enfant dans ses bras et achève avec lui la prière du soir. « Mon fils, ajoute-t-elle, prions maintenant pour ton père que j'aime tant et que tu aimeras bien aussi, n'est-ce pas? Recommandons-le à saint Joseph, son patron. Alors l'enfant serre plus fort ses petites mains croisées sur la poitrine, et redit avec sa mère la prière de chaque jour : « O mon Dieu! ô saint Joseph! bénissez-le!... » Le mari, ému par cette scène, ne peut résister. Il vient s'agenouiller près du berceau; il prie avec sa pieuse femme et son cher enfant, et Dieu lui donne en échange de cette prière l'amour de la famille et un cœur purifié. Depuis, bon chrétien et heureux père, il a dit adieu aux mauvaises compagnies et trouve ses délices au foyer domestique. Ah! si chacun voulait y mettre du sien, si nous prenions tous saint Joseph pour Patron, la vie de famille refleurirait partout.

PRIÈRE

O bienheureux saint Joseph, puisque toutes les fois que je vais au milieu du monde j'en reviens moins recueilli, moins disposé à remplir mes devoirs de chrétien, obtenez-moi la grâce d'aimer comme vous la retraite, la vie de famille. Bénissez mes parents, bénissez surtout ma maison, afin qu'elle soit pour moi comme un sanctuaire où je puisse accomplir les devoirs de mon état et sauver mon âme. Ainsi soit-il.

SEIZIÈME JOUR

Saint Joseph modèle d'attention à la présence de Dieu.

1º Présence de Dieu. —
2º Présence de Jésus-Christ. —

PREMIER POINT. — Saint Joseph avait un sentiment très-vif et très-habituel de la présence Dieu. Il suffit, pour s'en convaincre, de penser qu'il a été fréquemment favorisé des communications les plus intimes avec Dieu : *Arcanorum cœlestium secretarius*; qu'il fut initié d'une manière spéciale aux mystères de l'Incarnation et de la Rédemption : *Particeps mysteriorum*; qu'il eut le privilége de converser souvent avec les Anges : *Angelicis dignatus alloquiis*; qu'il avait sur Dieu, sur sa Providence et sa présence des témoignages si nombreux et si forts, que son esprit et son cœur devaient en être constamment occupés. Ses travaux ne pouvaient le distraire ; ils courbaient son corps sans assujettir son âme. Il voyait, il adorait, il bénissait Dieu en toutes choses et en tout temps. Durant ses longs et pénibles voyages, au milieu de ses durs labeurs, il ne perdait jamais de vue sa sainte présence, afin de connaître et de suivre en toutes choses les inspirations de sa grâce et d'accomplir saintement les desseins de la divine Providence. Nous pouvons donc bien appliquer au Chef de la sainte Famille les paroles que la Genèse dit du premier Joseph : « Le Seigneur était avec lui et dirigeait toutes ses actions. »

Considérez, âme chrétienne, que le sentiment de la présence de Dieu a toujours été comme le pivot de la perfection dans tous les états, dans toutes les conditions de la vie. « Marchez en ma présence, disait le

Seigneur à Abraham, et vous serez parfait. »
Oh ! c'est que cette pensée : Dieu me voit,
il est témoin de tous mes actes, de toutes
mes luttes ; il me tient compte de tout, d'un
désir, d'un simple soupir dont il est l'objet ;
cette pensée, dis-je, est bien propre à m'en-
courager et à me faire accepter tous les sacrifices. Demandons donc au Seigneur, par
l'intercession de saint Joseph, de nous
pénétrer du sentiment de sa présence infinie, surtout au commencement de nos
prières et de nos principales actions.

Deuxième point. — Il y a plus encore ;
saint Joseph n'avait pas seulement la présence infinie de Dieu pour règle de ses
actions et de sa vie entière, il avait Dieu
lui-même présent sous ses yeux ; il possédait Jésus-Christ ! « Nous avons vu le Fils
unique de Dieu plein de grâce et de vérité,
s'écrie saint Jean. » Eh bien ! saint Joseph
a été le premier témoin de cette merveille.
Toute sa vie, durant trente ans, s'est écoulée auprès de Jésus. Il vivait avec lui, sous
un même toit, il partageait le même repas,
il le contemplait au travail, à la prière,

dans l'obéissance et le sacrifice. Il recueillait ses leçons, il s'édifiait de ses exemples ; en un mot, il était toujours uni à Jésus. Le sommeil ne faisait pas même cesser cette union si douce à son âme, car, dit un pieux auteur, si ses yeux se fermaient, sa mémoire veillait, et si la présence corporelle du Sauveur lui était dérobée pour quelques instants, son image fidèle ne cessait d'être présente aux regards de son esprit et de son cœur. A ce spectacle adorable et continuel, notre saint Patron avançait rapidement dans les perfections divines, et, s'élevant au-dessus de toute sainteté créée, il devenait, après Jésus et Marie, l'astre le plus brillant du Paradis.

Cette adorable présence de Jésus-Christ qui fit, durant trente années, les délices de saint Joseph, nous pouvons en jouir, âme chrétienne. Nous possédons Jésus au milieu de nous, dans l'Eucharistie. Chaque jour, à chaque heure, nous pouvons le visiter, le contempler, l'interroger. Le faisons-nous ? Imitons-nous sur ce point saint Joseph ? Oh ! réveillons donc notre foi ; visitons sou-

vent ce divin Emmanuel. Il est dans le Tabernacle ce qu'il était pendant sa vie mortelle, le refuge des pécheurs, l'ami des
justes, le consolateur des affligés, le Sauveur des âmes.

EXEMPLE

Voici un fait touchant que racontait dernièrement
un ecclésiastique des plus distingués du clergé de Paris. Il y avait à l'église de Saint-Ambroise un beau et
riche ciboire qu'on voulait soustraire à la rapacité des
révolutionnaires qui pillaient et incendiaient la capi-
tale. On ne savait où le cacher, quand ce prêtre dé-
clara qu'il se chargeait de le mettre en lieu sûr. Il alla
trouver une pauvre femme dont la piété lui était
aussi connue que l'honnêteté, et la pria de conserver fidèlement le précieux dépôt. Elle accepta de
de suite. Le prêtre lui recommanda seulement de ne
pas en parler à son fils encore enfant, dont on pouvait craindre l'indiscrétion. Lorsque l'insurrection fut
domptée, le prêtre se rendit chez la dépositaire. —
M. l'abbé, dit-elle, voici le ciboire que vous m'avez
confié et que j'ai gardé avec vénération. J'ai bien
veillé sur lui chaque jour, et j'espère que sa présence
aura porté bonheur à ma maison. Il faut pourtant que
je vous avoue que j'ai manqué à une partie de ma
promesse. Hier, quand j'ai vu l'ordre rétabli, j'ai
averti mon enfant du dépôt qui m'avait été remis, et

je lui ait dit : « Mon fils, souviens-toi qu'on a assez estimé ta pauvre mère pour lui donner en garde le plus beau vase sacré de la paroisse. Puisses-tu mériter un jour un pareil honneur! » Ame chrétienne, l'Eglise confie à votre garde un vase sacré mille fois plus précieux, puisqu'il contient le corps et le sang de Jésus-Christ; c'est le ciboire du Tabernacle. Puissiez-vous garder avec soin ce précieux dépôt et en bien profiter!

PRIÈRE

O saint Joseph! je veux désormais vivre comme vous en la présence de mon Dieu, surtout en la présence de mon Sauveur eucharistique. Ce souvenir fixera la légèreté de mon esprit et remplira mon cœur de consolations. Obtenez-moi la grâce, grand Saint, d'être fidèle à ma résolution. Ainsi soit-il.

DIX-SEPTIÈME JOUR

Saint Joseph modèle d'obéissance.

1º Obéissance entière. —
2º Obéissance prompte. —

PREMIER POINT. — « L'obéissance seule, dit saint Augustin, vaut mieux que toutes

le vertus : *Plus valet quam omnes virtutes* ;
et, aux yeux du Seigneur, elle vaut mieux
que tous les sacrifices. Or, la vie de saint
Joseph n'a été qu'une pratique de cette continuelle vertu. Ouvrons l'Evangile : — Joseph
obéit aux puissances de la terre. Pour se conformer à l'édit de César, il se rend avec son
Epouse, de Nazareth à Bethléem, et son premier soin est d'aller se faire inscrire sur les
registres publics. — Joseph obéit aux anges :
il a résolu de quitter sa sainte Epouse dont
il ne peut s'expliquer l'état ; tout est prêt
pour son départ, mais l'ange lui dit de
demeurer ; il demeure. — Joseph obéit à
Dieu : Tout ce qui est prescrit par la loi, il
le fait au temps, au lieu, en la manière
que la loi le prescrit. Il se rend à Jérusalem trois fois par an, pour la célébration
des fêtes solennelles ; au temps marqué, il
circoncit l'Enfant-Jésus et le présente au
temple avec Marie. Il n'est point dans la
nation de plus fidèle observateur de la loi
que lui. Voilà l'obéissance de Joseph. Comme elle est entière ! comme elle s'étend à
tout ! « Oh ! combien est admirable cette

parfaite obéissance de notre Patriarche, dit saint François de Sales. Voyez comme il a été dans toutes les occasions, toujours parfaitement soumis aux ordres du ciel. Voyez comme l'ange le tourne de toutes mains. »

Votre obéissance, âme chrétienne, est-elle entière, universelle, comme celle de votre glorieux modèle? Obéissez-vous à toutes les lois de Dieu et de l'Eglise, sans exception, sans réserve? N'y a-t-il pas quelque précepte que vous négligez presque entièrement? Saint Jacques vous dit que celui qui viole la loi en un seul point devient coupable en tous. Heureux, mille fois heureux, ô saint Joseph, celui qui, à votre exemple, fait de la loi du Seigneur la règle invariable de sa conduite; il y trouve comme vous une source de délices et de félicité! *Qui custodit legem, beatus est.*

DEUXIÈME POINT. — Le second caractère de l'obéissance de Joseph fut la promptitude. Considérez-le dans les circonstances les plus graves et les plus pénibles de sa vie, vous verrez que toujours et partout il obéit spontanément, sans retard, sans réplique. « Son âme, dit un célèbre auteur, était comme un métal en fusion, et prête à revêtir toutes les formes qu'il plaisait à Dieu de lui donner. » Faut-il interrompre les paisibles labeurs de Nazareth pour obéir à Auguste et faire un long voyage au milieu d'un rigoureux hiver? il part promptement avec Marie. Faut-il dans la nuit dérober Jésus aux fureurs d'Hérode et prendre le chemin de l'exil? Joseph se lève sans attendre la lumière du jour, sans faire de préparatifs et fuit en Egypte. Faut-il retourner en Judée, malgré la crainte qu'il avait d'Archélaüs, fils du tyran, aussi cruel que son père? Joseph revient avec le même empressement. Que d'objections n'eût pas faites un esprit moins soumis? Mais en saint Joseph pas un instant d'hésitation, pas un mot de réplique. Il obéit à la manière des anges, avec la même promptitude, le même empressement: à chaque ordre qui lui est donné il répond : *Je suis prêt, Seigneur, me voici, envoyez-moi.*

Remarquez bien, âme chrétienne, que l'hésitation dans l'obéissance est un com-

mencement de rébellion. Oui, une obéissance que je diffère aussi longtemps qu'il
m'est possible et à laquelle je ne me résigne
qu'après de longs retards et de longues re-
présentations, une obéissance qu'on m'ar-
rache plutôt que je ne la donne, est une
fleur fanée ; elle n'a plus ni parfum, ni fraî-
cheur ; comment pourrait-elle être agréable
à Dieu ?

EXEMPLE

L'Esprit-Saint assure que l'obéissance remporte des
victoires ; en voici une preuve frappante : — On appelle un jour un prêtre auprès d'un malade, homme
très-connu par une vie publiquement irréligieuse. Le
ministre accourt plein d'anxiété, se demandant comment il pourra aborder cette âme infortunée. — Comme
il entrait dans la chambre du vieux pécheur, la pauvre
épouse se retire, et le malade, d'une voix émue :
Soyez le bienvenu, monsieur l'abbé, je vous atten-
dais, je veux me confesser. — Volontiers, mon ami, je
suis trop heureux de vous trouver d'aussi chrétiennes
dispositions. — Ah ! voyez-vous, c'est un ange de
Dieu qui m'a changé, et sa main tremblante montrait
la porte où venait de disparaître son épouse. — Je
comprends, mon ami ; eh bien, qu'il soit béni le bon
ange, et vous aussi, mon frère, d'avoir écouté ses

pieuses exhortations. — Exhortations ? mon père !...
elle ne m'a pas dit une parole ; je le lui avais défendu ;
mais sa vie ! oh ! sa vie ! Durant trente ans, je fus
son bourreau ; durant trente ans, je n'ai trouvé qu'un
agneau qui, comme le Christ, ne s'est jamais plaint
une fois. Souvent j'ai voulu lasser cette douceur qui
faisait honte à ma brutalité, cette soumission aveugle
qui se pliait à tous mes caprices ; je ne l'ai pas pu.
Plus je la tyrannisais par la brusquerie de mon caractère et de mon commandement, plus elle se montrait
soumise, prévenante. Quelle obéissance aveugle !
quelle patience angélique ! Il n'y a pas une heure que
je l'ai mise à l'épreuve encore... toujours la même,
toujours dévouée à l'homme qu'elle n'a connu que
pour souffrir. Mon père, la Religion qui inspire de
semblables sentiments est divine ! Je suis un malheureux de l'avoir méconnue toute ma vie : mais, du
moins, je veux mourir dans les bras du Dieu de mon
épouse. Il se confesse et termine sa vie en bon chrétien. Heureuse épouse ! votre douceur et votre obéissance ont sauvé cette âme qui vous était si chère !

PRIÈRE

O mon aimable et saint Protecteur, modèle accompli de la plus parfaite obéissance, obtenez-moi la
grâce de comprendre aujourd'hui la nécessité et les
avantages de cette précieuse vertu. Apprenez-moi
à obéir comme vous, avec promptitude et avec joie,
pour l'amour de Jésus-Christ. Ainsi soit-il.

DIX-HUITIÈME JOUR

Saint Joseph modèle de Chasteté virginale.

1° La perfection de sa chasteté. —
2° La récompense de sa chasteté. —

PREMIER POINT. — Après Marie, la plus pure des créatures, le plus chaste des hommes a été saint Joseph. Son Nom seul, comme celui de la Reine des Anges, porte avec lui l'idée et l'impression de la virginité. Saint Thomas enseigne que Dieu l'ayant prévenu des bénédictions de sa grâce, en le sanctifiant avant sa naissance, avait éteint en lui tout foyer de concupiscence, toute révolte des sens, pour en faire un Ange dans la chair. En effet, à peine eût-il atteint l'âge de raison, que son âme fut éprise des charmes de la belle vertu, et qu'il lui consacra sa vie. C'est le sentiment de saint Jérôme et de plusieurs autres Pères, qu'il fit, dès sa plus tendre enfance, comme Marie, le vœu de virginité : *Vovit Maria virginitatem, vovit et ipse Joseph.* Combien la pureté de Joseph ne dût-elle pas s'accroître quand il fut constitué le Gardien et le Protecteur de la virginité de Marie ! La Reine Immaculée était comme un miroir tout resplendissant du soleil de justice qui en renvoyait les rayons sur son chaste Epoux. « Tout en lui, dit sainte Thérèse, était virginal et angélique ; aussi les anges lui apparaissaient-ils et lui révélaient-ils les secrets du ciel. »

De toutes les vertus, la plus belle est la pureté. Elle élève l'homme en le faisant participer en quelque sorte à la nature angélique ; elle semblerait même nous placer en un sens au-dessus d'eux ; les anges ne connaissent pas les attraits du plaisir et les entraînements des sens ; et nous, dans une chair fragile et corrompue, la pureté nous fait vivre de la vie des anges : *Bienheureux sont ceux qui ont le cœur pur.* O Joseph ! faites fleurir en moi cette vertu angélique, écartez tout ce qui pourrait y porter la moindre atteinte ; je veux pour la conserver vous aimer, veiller et prier.

Deuxième point. — La virginité de Joseph fut admirablement récompensée. C'est parce qu'il était le plus pur des hommes qu'il mérita de devenir l'Epoux de Marie, car, dit saint Jérôme, si le Seigneur ne voulut confier après sa mort la Vierge Mère qu'à un disciple vierge, à bien plus forte raison ne dût-il la confier, pendant sa vie, qu'à un Epoux vierge. « Ce sont deux virginités qui s'unissent, ajoute Bossuet, et se conservent éternellement l'une l'autre par une chaste correspondance, et comme deux astres qui allient leur lumière. » Ce n'était point assez ; la virginité de saint Joseph le rendit Père adoptif de Notre-Seigneur. Oui, Jésus qui se *plaît au milieu des lis*, se plaisait à donner au saint Patriarche le doux nom de Père ; il se plaisait à reposer entre ses mains et sur son cœur si pur ; il se plut à passer trente ans à l'ombre tutélaire de ce beau lis de la terre : *Pascitur inter lilia.* Bienheureuse donc la virginité de saint Joseph qui a pu lui permettre de dire au Fils de l'Eternel : Vous êtes mon Fils ! et à la Mère de Dieu : Vous êtes mon Epouse ! *Virginitate placuit*.

Si, à l'exemple de Joseph, vous pratiquez la pureté, vous aurez comme lui, âme chrétienne, les faveurs de Jésus et de Marie. Au Cantique des Cantiques l'âme chaste est appelée *la sœur, l'amie, l'epouse, l'unique* du Fils de Dieu ; il ne se plaît que dans sa conversation, il n'aime que le son de sa voix, sa société fait ses délices, et au ciel il lui réserve une récompense particulière. Ainsi, spiritualisée par la sainte vertu, avant qu'elle ne le soit par la résurrection, votre chair vaincue, angelisée, *angelica caro*, sera dès ce monde l'un des éléments de votre grandeur. Oh ! qu'elle est belle et heureuse la génération des âmes pures !

EXEMPLE

Un pauvre jeune homme, longtemps victime du vice impur, traçait dernièrement ces lignes : « J'ai eu le malheur de vivre dans l'habitude du péché mortel. Accablé de honte et de remords, je pris la résolution de sortir de ce triste état. Mais, hélas! je n'en avais pas la force. Une pensée me vint, c'était de réciter tous les jours un *Pater*, un *Ave Maria* et un *Ave Joseph* pour demander la force d'accuser tous mes péchés. Je récitai ces prières pendant trois mois environ. Au bout de ce temps, j'eus le bonheur de faire une retraite. Le premier jour, rien d'extraordinaire ne se passa en moi; je redoublai mes prières vers le soir. Le lendemain je m'éveillai tout changé; ma conversion était opérée. Saint Joseph, que j'invoquai de tout cœur, agissait puissamment. Toute la journée je préparai ma confession, et le soir j'allai trouver mon confesseur. Afin de n'avoir rien à craindre du démon, je m'armai d'une statuette de saint Joseph, et je n'éprouvai aucune crainte de déclarer mes fautes. Après cette première entrevue, je me retirai dans ma chambre, le cœur soulagé d'un lourd fardeau. Les jours suivants, je continuai ma confession, et après avoir accusé toutes mes iniquités, le prêtre me réconcilia avec Dieu en me donnant l'absolution. Quelle joie! quelle délicieuse paix inondait mon cœur! Voilà ce que m'a valu la protection du saint Epoux de Marie! Depuis ma conversion, de nombreuses tentations contraires à la sainte vertu, sont venues m'assaillir; je n'ai pas été vaincu une seule fois. Au moment du combat, j'invoque avec confiance mon puissant Protecteur, et je sors victorieux de la lutte. Béni soit à jamais saint Joseph qui m'a aidé à purifier mon cœur et me préserve de toute rechute. »

PRIÈRE

O saint Joseph, je comprends maintenant pourquoi on vous représente un lis à la main ; c'est votre invioable pureté qui est symbolisée par cette blanche fleur. Touchez-moi de ce lis si pur, qui exhale le parfum de la virginité ; je serai embrasé du divin amour, et il me sera donné, après avoir imité la sainteté de votre cœur sur la terre, de voir et de posséder à jamais avec vous dans le Ciel le Dieu de toute pureté. Ainsi soit-il.

DIX-NEUVIÈME JOUR

Fête de saint Joseph.

1° Elle doit exciter notre joie —
2° Elle doit ranimer notre confiance. —

PREMIER POINT. — Jusqu'en 1870, la fête de saint Joseph n'était que de *seconde classe* comme celle des apôtres, mais en conférant au saint Patriarche le titre de *Patron de l'Eglise uni-*

verselle, Pie IX a élevé sa fête au rang des plus grandes solennités de Notre-Seigneur et de la Très-Sainte-Vierge. Réjouissons-nous, âme chrétienne, de ce surcroît d'honneur rendu par le Vicaire de Jésus-Christ à l'auguste Chef de la Sainte Famille. La glorification d'un père ne rejaillit-elle pas sur ses enfants, et n'est-ce pas un grand bonheur pour eux de le fêter ? Oui, réjouissons-nous, tressaillons d'allégresse, car, le 19 mars sera désormais une fête bien chère à nos cœurs et à tous les pieux serviteurs de saint Joseph : c'est le jour que le Seigneur a fait : *Hæc dies quam fecit Dominus.* O Séraphique Thérèse ! vous qui avez désiré si souvent inspirer à tous les hommes les sentiments de vénération dont vous étiez pénétrée pour ce grand Saint, oh ! tressaillez aussi d'allégresse au ciel, vos souhaits sont accomplis ; son amour est dans tous les cœurs, sa louange sur toutes les bouches, et des millions de voix s'unissent au chœur des anges pour célébrer sa fête sur la terre.

Que cette touchante solennité soit pour vous, âme chrétienne, comme un jour dérobé aux préoccupations de la vie et passé en la délicieuse compagnie de la sainte Famille où tout respire la paix du ciel et le parfum du pur amour. Ce n'est plus quelque particularité seulement de la vie de saint Joseph qu'il faut méditer dans ce grand jour ; réunissez dans un même tableau tous les traits de ses vertus, tous les rayons de sa gloire et remerciez Dieu de vous avoir donné un Père si tendre, un Protecteur si puissant, un modèle si accompli. Que toutes les créatures vous louent à jamais, ô Seigueur, de ce que vous avez fait en faveur de saint Joseph ! Que béni soit aussi l'illustre Pontife Pie IX, qui nous l'a donné pour Protecteur et a ajouté tant de pompe à son culte !

DEUXIÈME POINT. — Au sentiment de joie joignons un sentiment de confiance. Si tous les jours de l'année nous pouvons compter sur la toute-puissante protection de saint Joseph, combien l'espérance d'être exaucés doit-elle être plus ferme encore dans ce beau jour où l'Eglise entière est prosternée à ses pieds, où le Fils de Dieu répand les grâces les plus abondantes par les mains de son Père nourricier. Si les rois les moins débonnaires, si les pères les moins sensibles se montrent cependant pleins de bonté pour les coupables eux-mêmes quand on célèbre quelque fête en leur honneur, que ne devons-nous pas espérer du plus miséricordieux de tous les Saints, de Joseph, le Père de Jésus, l'Epoux de Marie, le Protecteur de l'Eglise catholique, chargé par Dieu lui-même de pourvoir à tous nos besoins. Ecoutons sainte Thérèse : « Je ne me souviens point d'avoir, depuis quelques années, rien demandé à saint Joseph, *le jour de sa fête*, que je ne l'aie obtenu, et, s'il se rencontrait quelque imperfection dans l'assistance que j'implorais de lui, il en réparait le défaut pour le faire réussir à mon avantage. » Il en sera ainsi, n'en doutons pas, pour tous ceux qui s'adresseront avec confiance à saint Joseph et célèbreront sa fête avec ferveur.

Recourons donc tous à l'Epoux de Marie avec la confiance la plus filiale, la plus entière, et demandons-lui les grâces spirituelles et temporelles dont nous avons besoin. Recommandons-lui notre famille, nos bienfaiteurs, nos amis, nos parents vivants et défunts. Prions-le pour la France, pour le Souverain-Pontife, pour l'Eglise. Supplions-le enfin de nous obtenir la grâce d'une bonne mort. Et quand la demanderons-nous, cette grâce par excellence, sinon aujourd'hui où l'on fête dans l'Eglise le bienheureux passage de saint Joseph du temps à l'éternité, où l'on célèbre le jour qui fut pour lui le commencement de la vie glorieuse, juste récompense de ses vertus ?

EXEMPLE

Une jeune fille nommée Philomène, âgée de 19 ans, gardait le lit depuis le 5 septembre 1867. Une maladie de nerfs, avec toutes ses suites ordinaires, minait ses forces au point que tout mouvement devenait insupportable et que l'estomac ne souffrait plus même une cuillerée de bouillon. Il ne restait d'autre ressource que Dieu, et tous ceux qui approchaient de la jeune patiente le priaient d'avoir pitié de tant de misère, de récompenser tant de résignation, de mettre un terme à son martyre et d'appeler cette jeune âme aux joies ineffables du ciel. — Tel était son triste état, quand, le 28 février, Philomène reçut d'une religieuse,

son ancienne supérieure , une lettre dans laquelle
celle-ci l'engageait à ne pas se décourager et à commencer le 10 du mois suivant, une neuvaine à saint Joseph , neuvaine qui devait finir le jour même de la
fête de ce grand Patriarche. La confiance de la supérieure était si grande, que la lettre se terminait par
ces mots : « J'ai un si ferme espoir, que je vous dis :
au revoir au 19 ; j'espère qu'après Dieu, j'aurai votre
première visite : notre maison est sous le patronage
de saint Joseph. » Cette confiance était partagée par
la malade, qui annonçait à qui voulait l'entendre sa
guérison pour le 19. — Pendant la neuvaine, le mal
ne fit que croître ; le 17, la jeune fille était sous le
coup de terribles douleurs. Mais le 18 elle s'était sen-
tie soulagée. Le 19, elle eut le bonheur de faire la
sainte communion et quelques minutes après, elle se
levait subitement et se jetait à genoux devant une
image de saint Joseph qui se trouvait à quelques pas
de là sur une table. La guérison était aussi complète
qu'instantanée. Tous les symptômes morbides avaient
disparu , tous, sans en excepter un seul, et l'estomac
si débilité garda et digéra parfaitement la nourriture
qu'on lui servit. — Depuis ce moment, Philomène continue à se bien porter et dit à qui veut l'entendre,
qu'on obtient tout de saint Joseph le jour de sa fête.

PRIÈRE

O glorieux Saint dont l'Eglise célèbre aujourd'hui
la fête et dont le ciel chante les louanges, je me joins

d'esprit et de cœur à cet *Hosanna* solennel, et vous adresse toutes mes félicitations. Puisqu'en ce beau jour vous ne refusez rien à vos serviteurs, obtenez-moi toutes les grâces qui me sont nécessaires, mais surtout la grâce inestimable de mourir comme vous entre les bras de Jésus et de Marie. Ainsi soit-il.

VINGTIÈME JOUR

Saint Joseph modèle de Prière.

1º Prière vocale. —
2º Prière mentale. —

PREMIER POINT. — Saint Joseph fut un parfait modèle de prière vocale, car il en comprenait toute l'importance et tous les avantages. Il commençait et sanctifiait ses journées, ses actions, ses voyages par ce saint exercice, et il les finissait de même. Insensible à tout ce qui se passait dans le monde, il priait avec le recueillement le plus profond et avec une ferveur angélique. Il priait aussi avec Jésus et Marie. « Il n'y a pas de témérité de penser, s'écrie un pieux auteur, que la prière se faisait en commun, matin et soir, à Nazareth. Tantôt c'est Joseph qui s'adresse au ciel, au nom de tous, comme Chef de la sainte Famille ; tantôt c'est la Très-Sainte-Vierge qui commence l'exercice de la prière ; tantôt c'est Jésus lui-même qui prononce les formules sacrées auxquelles répondent Joseph et Marie. Je suis porté à croire que Joseph et Marie ont été les premiers à apprendre de la bouche et du cœur de Jésus la divine prière du *Notre Père*, et que la sainte Famille l'a récitée bien des fois. Oh ! quel beau spectacle ! que j'aime à contempler cette auguste Trinité de la terre prosternée en adoration devant la Trinité du ciel ! » O Joseph, que mes humbles supplications s'unissent comme les vôtres à celles de Jésus et de Marie.

Priez aussi sans interruption, âme chrétienne ; c'est le précepte du divin Maître. Si vous le pouvez, établissez dans votre mai-

son le saint usage de la prière en commun,
au moins le soir. On ne saurait dire quels
avantages peuvent retirer les familles de cette
pieuse habitude. Il en reste une impression
ineffaçable dans l'esprit et le cœur des enfants, et les parents en reçoivent les bénédictions les plus abondantes. Notre-Seigneur
n'a-t-il pas dit : « Si deux ou trois d'entre
vous s'unissent sur la terre, tout ce qu'ils
auront demandé leur sera accordé par mon
Père qui est dans les cieux? » Que cette
promesse est consolante ! O Jésus ! ô Joseph !
Apprenez-nous donc à prier.

DEUXIÈME POINT. — L'Epoux de Marie est
honoré à juste titre comme le père et le modèle des âmes contemplatives. Saint Bernardin de Sienne affirme qu'il avait reçu le don
d'oraison au plus haut degré : *Fuit altissi-
mus in contemplatione.* Sainte Thérèse a
toujours vu ceux qui le priaient avec confiance faire de rapides progrès dans l'oraison,
et l'Eglise l'invoque comme très-profond
en contemplation. Son esprit et son cœur
étaient habituellement absorbés en Dieu et sa
vie fut une oraison continuelle. Chose ad-

mirable, la méditation de Joseph n'était pas
interrompue par l'action. Il travaillait, il voya-
geait, il prenait ses repas, toujours uni à
Dieu ou en contemplant Jésus et Marie.
Son sommeil ne faisait pas même cesser
cette douce union; car, dit un pieux auteur,
si ses yeux se fermaient, sa mémoire veillait aussi; semblable à *un arbre planté le
ong des eaux*, qui se couvre de fleurs et de
fruits, l'âme du saint Patriarche, sans cesse
alimentée par l'oraison et arrosée des eaux
salutaires de la grâce, recevait chaque jour
un accroissement de beauté et de vertu, et
produisait des fruits abondants de vie pour
l'éternité : *Justus ut palma florebit.*

Prenez la résolution, âme chrétienne, de
faire un peu de méditation chaque jour; c'est
un moyen de salut très-efficace. « Promet-
tez-moi, disait sainte Thérèse, de faire jour-
nellement un quart d'heure d'oraison, et
moi, au nom de Jésus-Christ, je vous promets le ciel. Ceux, au contraire, ajoutait-
elle, qui négligent ce saint exercice, n'ont
pas besoin de démon pour les entraîner dans
l'enfer, ils s'y précipitent d'eux-mêmes. »

L'Esprit-Saint n'affirme-t-il pas, en effet, que la terre est désolée, couverte de maux, parce qu'il n'y a personne qui réfléchisse, qui rentre en son cœur? O saint Joseph ! obtenez-moi la grâce de vous imiter dans votre amour pour l'oraison et votre fidélité à la pratiquer.

EXEMPLE

Un pieux jeune homme faisait ses études chez le curé de son village, en qualité d'aspirant au sacerdoce. Il désirait vouer sa vie au service de Dieu et au salut des âmes. Malheureusement, il éprouvait une telle difficulté pour la langue latine, que son généreux instituteur perdit patience et désespéra un instant du succès. Les larmes du pieux écolier, son application et sa piété firent néanmoins prolonger l'épreuve. « Mon cher enfant, dit le vénérable pasteur, je ne vois qu'un moyen de sortir de là, c'est de te mettre sous la protection de saint Joseph, de le prier et supplier ardemment de t'accorder les talents que tu n'as pas; autrement, nous resterons en chemin. Allons, prends courage, j'unirai mes prières aux tiennes, et j'ai la douce confiance que nous serons exaucés, car tout est promis à la prière persévérante. » Le jeune étudiant se jeta entre les bras de saint Joseph et le pria avec tant de ferveur que le bon Patriarche le prit sous son patronage d'une façon merveilleuse. L'esprit du jeune homme s'ouvrit peu à peu, ses talents se développèrent et il termina ses classes avec succès. Rentré au grand Séminaire, il s'y distingua par ses lumières autant que par ses vertus et reçut le sacerdoce avec honneur. Nommé successivement professeur de dogme, de morale, supérieur et enfin vicaire général, il a été pendant de longues années la lumière et le conseil de la plupart des prêtres qu'il a dirigés à son tour. Ce qu'on remarquait par-dessus tout en cet homme de Dieu, c'était sa confiance et sa reconnaissance envers saint Joseph, son généreux bienfaiteur. Apprenons de là combien est puissante sur le cœur de Dieu la prière humble et persévérante qu'on lui adresse par l'entremise du saint Epoux de Marie.

PRIÈRE

O saint Joseph! daignez permettre que je m'unisse en ce moment à la prière que vous faisiez en commun à Nazareth avec Jésus et Marie. Ce tableau ravit mon imagination et émeut doucement mon cœur. Faites que je prie comme vous, avec foi, humilité et persévérance. Ainsi soit-il.

VINGT-UNIÈME JOUR

Saint Joseph modèle de Pauvreté.

1° Il en a essuyé toutes les rigueurs. —
2° Il en a goûté toutes les consolations. —

PREMIER POINT. — Joseph descendait, à la
vérité, des rois de Juda, mais des revers
avaient jeté sa famille dans l'infortune, et il
n'avait point d'autre héritage, dit Bossuet,
que ses mains, point d'autres ressources que
son travail. C'est pour se procurer un moyen
d'existence qu'il apprit l'état de charpentier.
Son alliance avec Marie n'améliora point sa
position; elle avait éprouvé les mêmes revers dans la personne des mêmes ancêtres.
Aussi voyez comme tout porte le cachet de la
pauvreté dans l'humble maison des nouveaux
époux à Nazareth : meubles, linge, vêtements, tout est simple, pauvre et grossier.

Devenu Père nourricier de Jésus, Joseph se trouva réduit à une plus grande pénurie. Ecoutons encore Bossuet : « Joseph et Marie étaient pauvres, mais ils n'avaient pas encore été sans maison ; ils avaient un lieu pour habiter. Aussitôt que l'Enfant-Dieu vient au monde, on ne trouve plus de maison pour eux, et leur retraite est dans une étable. » « La pauvreté de Joseph a été vraiment nécessiteuse et rebutée, s'écrie le saint évêque de Genève. Il manquait souvent des choses les plus indispensables pour le soutien de sa petite famille, ce qui peinait grandement son cœur bon et paternel, et néanmoins il supportait amoureusement ces cruelles privations, bien qu'il en souffrît, non pour un temps, mais pour toute la vie, et il se soumettait très-humblement à la continuation de sa pauvreté et abjection, sans se laisser aucunement vaincre et terrasser par l'ennui intérieur, lequel, sans doute, lui faisait de maintes attaques. »

Consolez-vous donc, ô vous à qui Dieu a refusé les biens de ce monde ; il vous traite comme ses meilleurs amis, comme il a traité saint Joseph, son représentant sur la terre, et Jésus son propre Fils. Quand vous serez tentés de vous plaindre des rigueurs de la fortune, entrez dans la grotte de Bethléem, dans la maison de Nazareth, et à la vue de ce beau spectacle que vous offre la pauvreté évangélique, dites-vous à vous-même : Suis-je digne d'un meilleur sort que Jésus, Marie et Joseph?

DEUXIÈME POINT. — Jésus qui s'était fait pauvre pour nous et venait condamner l'amour immodéré des richesses, avait inspiré à saint Joseph le mépris des biens de ce monde et l'amour de la pauvreté. Réduit souvent à la pénurie la plus extrême, obligé de gagner sa vie et celle de la sainte Famille à la sueur de son front, enfermé dans un atelier obscur et inconnu, le saint Patriarche est content, plus content que ceux qui nagent dans l'abondance et habitent sous des lambris dorés; il ne subit pas sa condition comme une nécessité, mais il s'y plaît, il l'aime, il en comprend les avantages spirituels qu'il estime infiniment plus que les vanités terrestres. Oui, c'est un ami passionné de la sainte pauvreté, et il en a la vertu dans le cœur. Il possède tout, parce qu'il ne possède rien, selon la parole de saint Paul, et il reçoit le centuple promis à ceux qui sont détachés des biens de ce monde : *centuplum accipiet.* N'est-il pas assez riche, en effet, puisqu'il possède Jésus et Marie, les deux plus beaux trésors du ciel et de la terre? Et ne pouvons-nous pas lui appliquer la première béatitude du Sauveur : Vous êtes heureux, ô Joseph, dans votre pauvreté, car le royaume des cieux est à vous ! Votre vie obscure, source de consolations pour vous, va devenir, pour toutes les grandes âmes, le miroir anticipé de la pauvreté évangélique.

Voulez-vous, âme chrétienne, goûter aussi les consolations que Dieu a attachées à la pauvreté? Aimez les pauvres, soulagez les pauvres. Heureux, dit l'Esprit-Saint, celui qui comprend le mystère de la pauvreté et vient au secours de l'indigent. Heureux ceux dont l'âme s'incline à la compassion... L'homme qui a pitié des malheureux se fait du bien à lui-même, et il ne tombera pas dans l'indigence. L'aumône efface les péchés et assure d'immenses trésors au ciel : *divites æternitatis.*

EXEMPLE

Faire l'aumône à un pauvre, surtout à un vieillard, pour honorer la pauvreté du Patriarche saint Joseph, est une excellente pratique qui attire d'abondantes bénédictions. — Un homme indifférent, incrédule, allait mourir; il allait mourir le blasphème sur les lèvres, le désespoir dans le cœur. Sa femme, ange de piété, priait et pleurait auprès de lui ; un prêtre, ami de la famille, priait et pleurait aussi, et Dieu paraissait ne pas entendre. Cependant la mort arrivait à grands pas. Allez vite, dit le ministre de la religion à l'épouse éplorée, allez chercher un pauvre et faites-lui l'aumône au nom de saint Joseph pour la conversion de votre mari. » Elle courut tout éperdue dans les rues, rencontra un vieillard couvert de haillons, lui donna une large aumône en lui disant de prier pour la conversion d'un pauvre pécheur qui était sur le point de mourir..., et en ce même moment, le malade avait pris la main du prêtre, l'avait baisée avec larmes et avait demandé son pardon. La conversion fut sincère et édifiante. Quelques heures après, cet homme entrait dans la gloire de Dieu, sauvé par l'aumône donnée au nom de saint Joseph et par la prière du pauvre, et son épouse en pleurant regardait le Ciel où elle avait la confiance de retrouver un jour cette âme chérie.

PRIÈRE

Grand Saint, qui avez été véritablement pauvre d'esprit et de cœur, vous qui avez partagé la pauvreté de Jésus, obtenez à vos serviteurs l'estime et l'amour d'un trésor dont vous avez connu tout le prix. Faites-leur comprendre aussi que l'amour et le soulagement des pauvres sont une source de bénédictions et un gage de salut éternel. Ainsi soit-il.

VINGT-DEUXIÈME JOUR

Saint Joseph notre modèle dans la Souffrance.

1º Ses peines extérieures. —
2º Ses peines intérieures. —

PREMIER POINT. — Les justes doivent avoir leur martyre, c'est le grand apôtre qui l'affirme : « Tous ceux, dit-il, qui veulent vivre dans la piété, en union avec Jésus-Christ, souffriront la persécution. » Eh bien! saint Joseph a été, après Marie, le plus éprouvé de tous les saints. Contemplez-le dans les diverses situations de sa vie, à Nazareth, à Bethléem, en Egypte, et vous verrez que partout et toujours il a porté la croix avec Jésus et Marie. Il a eu à supporter la pauvreté toute sa vie, les rigueurs des saisons, les longs et pénibles voyages, la persécution, un dur exil de sept ans entiers, les mépris, les insultes, l'injustice et l'ingratitude des hommes. Jésus, qui affectionnait tendrement son Père nourricier, le fit participer au calice de ses souffrances durant toute sa vie, pour l'associer au grand mystère de la Rédemption. Saint Joseph a donc été le premier et le plus fidèle disciple de la croix, le premier confesseur et le premier martyr de Notre-Seigneur Jésus-Christ. Et cependant, au milieu de toutes ces épreuves, quelle résignation, quelle patience inaltérable! Jamais un mot de plainte, jamais une pensée de découragement.

La croix a toujours été et sera toujours l'étendard royal que suivent les élus. Courage donc, ô âme souffrante, Jésus marche le premier, Marie et Joseph nous tendent la main, les saints nous pressent d'avancer, les anges écrivent nos combats, le ciel entier compte nos blessures. Courage, quelques pas encore, quelques soupirs avec Madeleine, quelques actes d'amour avec saint Jean, quelques larmes amères en union avec Marie, quelques *fiat* avec Jésus mourant sur la croix, et le ciel est à vous : *Si compatimur, ut et conglorificemur.* O Joseph, obtenez-moi la grâce de semer comme vous dans les pleurs, pour qu'il me soit donné de moissonner un jour dans l'allégresse.

DEUXIÈME POINT. — Les peines intérieures qu'essuya saint Joseph dans son esprit et dans son cœur furent encore plus déchirantes. Et d'abord, quelles terribles perplexités eut à souffrir son âme si pure et si sainte, au sujet du grand mystère qui s'était opéré en Marie, et dont il ignorait la cause toute miraculeuse ! Oh ! quel combat douloureux formaient dans son esprit, d'un côté, la vue d'un spectacle le plus inattendu pour lui, de l'autre, l'estime si grande qu'il

avait pour son auguste Epouse, toujours
vierge à ses yeux. Mon Dieu ! quelle épreuve ! Mais en voici une autre plus douloureuse
encore et plus longue. Joseph savait par la
lecture des Saints Livres et par la prophétie
du vieillard Siméon que Jésus, son Fils adoptif, devait être mis à mort. Cette pensée
cruelle était un glaive de douleur continuel-
lement enfoncé dans son cœur, un martyre
de tous les jours et de tous les instants, que
tout renouvelait et que son amour seul pouvait lui faire supporter Ah ! que de larmes
ce saint Patriarche a versées avec Marie au
pied de la croix de Jésus, incessamment
présente à son esprit et à ses yeux ! « Souvent, écrit un pieux auteur, il se sentait
triste jusqu'à la mort, et il fallait que le divin Enfant laissât échapper de son cœur une
vertu divine pour le soutenir et le fortifier. »
Pécheurs, que de tourments nos crimes ont
coûtés à saint Joseph et à la céleste Vierge
Marie !

Ame chrétienne, vous avez aussi des peines intérieures, peines secrètes mais déchirantes, que le monde ne voit pas, ne com-

prend pas et qu'il est impuissant à soulager.
Oh ! venez épancher votre cœur dans celui
de votre saint Patron, venez pleurer à ses
pieds, il saura compatir à vos maux et sécher
vos larmes, lui qui a passé par toutes les
épreuves : *Adjutor in tempore tribulationis.*

EXEMPLE

Il y a peu de temps, une jeune personne âgée de
quinze ans, entrait comme pensionnaire dans un cou-
vent de la Visitation. Atteinte au pied d'un mal qui
la faisait grandement souffrir, elle se vit obligée de
garder la chambre et le lit. Les remèdes furent inu-
tiles, le temps n'appportait aucune amélioration à son
état. La pensée lui vint de faire une neuvaine en
l'honneur de saint Joseph, afin d'obtenir sa guérison
ou du moins la patience et la résignation dont elle
avait tant besoin. Chaque jour de la neuvaine sa confiance croissait, mais son mal ne diminuait pas. Le
dernier jour, elle fit la sainte communion sans ressen-
tir autant sa douleur. Après l'action de grâces, elle
n'éprouva plus aucun mal. Etonnée, ne songeant
nullement à une guérison miraculeuse, elle regarde,
palpe son pied : elle est guérie ! Ivre de joie, elle se
jette à genoux, le visage baigné de larmes, et remercie
son bienfaiteur. — Ne pouvant garder pour elle son
bonheur, elle parcourt la maison en s'écriant : « Saint
Joseph m'a guérie ! saint Joseph m'a guérie ! »

A dater de cette époque, sa reconnaissance a toujours été croissante, et son saint Protecteur s'est plu à l'entourer de sa paternelle affection ; il lui a obtenu la grâce de la vocation religieuse et l'a conduite dans la Congrégation de *Jésus et Marie*. Destinée par ses supérieures aux missions étrangères, elle est partie pour les Indes orientales, à Agra, où elle travaille à gagner des âmes à Dieu et à propager le culte de saint Joseph. Tout dernièrement, elle a eu le bonheur de contribuer à la conversion d'une famille entière.

PRIÈRE

Vous souffrez, ô Joseph, vous qui vivez dans l'innocence, et moi si souvent infidèle, je ne voudrais rien souffrir ; vous souffrez, mais avec paix et soumission, et moi je m'impatiente à la moindre épreuve. O modèle admirable de résignation, obtenez-moi, je vous prie, la grâce de supporter patiemment tout ce qui est pour moi un sujet d'ennui, de peine et de fatigue. Ainsi soit-il.

VINGT-TROISIÈME JOUR

Saint Joseph modèle de Travail.

1º Il travaillait pour Jésus et Marie.—
2º Il travaillait avec Jésus et Marie.—

PREMIER POINT. — Dépourvu de toute grandeur et de toute fortune, et obligé de pourvoir à la subsistance de la sainte Famille dont il était le Chef, Joseph se livrait à un travail pénible et continuel : il était charpentier. Ses concitoyens l'appelaient *Joseph l'Artisan*, et l'on montrait dans les premiers temps du Christianisme des jougs et des charrues qu'il avait façonnés de ses mains. Voilà donc ce que faisait notre saint Patriarche, lui, ce rejeton du plus pur sang des rois de Juda ; ce fils de David passait sa vie, la scie et le marteau à la main, travaillant depuis les premières lueurs du jour jusqu'aux plus épaisses ténèbres de la nuit pour le service du Verbe Incarné et pour la Reine du Ciel ; oui, le voilà tel que j'aime à le voir. Cette mission paraît humble aux yeux des hommes, mais qu'elle est grande aux yeux de Dieu, et combien les anges eux-mêmes en eussent voulu être chargés ! Les hommes ne jugent que par ce qu'ils voient, mais Dieu regarde le cœur. Ah ! si le travail était vulgaire, quels incomparables mérites n'acquérait pas l'ouvrier ? O Sauveur Jésus, bienheureuses les mains qui vous ont nourri, vous et votre sainte Mère, pendant si long-temps et au prix d'un travail incessant !

O travailleurs de toutes sortes, qui êtes et serez toujours, malgré de menteuses promesses, les plus nombreux de ce monde, ouvriers et ouvrières les plus humbles, n'oubliez jamais Nazareth, et vous ne douterez pas que tout travail honore, si obscur qu'il soit, et qu'il fait toujours la dignité de l'homme et de la famille. Depuis que Jésus et Joseph ont dû vivre du fruit de leurs sueurs, aucune condition n'est préférable à

celle de l'artisan chrétien. « *Souvenez-vous,
mes Frères*, dit le grand Apôtre, *de mes tra·
vaux et de mes sueurs ; jour et nuit, j'ai travaillé au milieu de vous, et tout ce qui m'était
necessaire à moi et à ceux qui étaient avec
moi, je l'ai acquis par le travail de mes
mains.* »

DEUXIÈME POINT. — Dans son pauvre atelier, Joseph élève un *Apprenti* docile qui,
durcissant lui aussi ses tendres mains contre
le fer et le bois, honore l'état de charpentier. Oui, l'Enfant-Jésus était l'*Apprenti* du
saint Patriarche et il l'aidait de plus en plus,
à mesure qu'il avançait en âge ; c'est le sentiment de toute la Tradition. « Figurons-nous,
dit saint Liguori, quel amour brûlait dans
le cœur de Joseph lorsqu'il voyait son divin Maître le servir comme simple ouvrier,
tantôt ouvrir et fermer l'atelier, tantôt l'aider
à scier le bois, manier la hache et le rabot,
en un mot, le seconder en toutes choses. »
Oh ! heureuses les sueurs du Père qui furent
mêlées aux sueurs du Fils ! Et Marie, que
fait-Elle ? Comme la femme forte dont parle
l'Ecriture, elle partage son temps entre les

soins du ménage et les travaux manuels. C'est elle qui prépare la nourriture de Jésus et de Joseph, et prend soin de leurs modestes vêtements. — En face d'un pareil exemple, comment notre Saint eût-il pu se plaindre de la rigueur du travail? Et dans la compagnie intime de Jésus et de Marie travaillant avec lui, comment eût-il pu ne pas imprimer à chacun de ses actes le cachet de la perfection? O Joseph, quand vous sentiez vos bras appesantis par la fatigue, vous regardiez Jésus, Jésus vous souriait, et vos bras reprenaient une vigueur nouvelle.

Ame chrétienne, travaillons aussi avec Jésus. Tout pour lui, en lui et avec lui. Souvenons-nous bien que si notre travail ne tend pas vers Dieu par une intention pure et droite, il sera stérile pour l'éternité; nous aurons semé et nous ne moissonnerons pas. Mais si, au contraire, nous travaillons comme Joseph, sous le regard de Jésus et de Marie, notre travail n'aura pour nous ni ennui, ni fatigue, et chacune de nos sueurs ajoutera un fleuron à notre couronne dans le ciel.

EXEMPLE

Dès son enfance, M. Viannay, curé d'Ars, se fit remarquer par ses dispositions à la vertu et à la sainteté. On peut dire que l'amour de Jésus et de Marie était inné en lui. Sa première communion faite avec les sentiments de la piété la plus tendre, ses parents l'employèrent aux pénibles travaux de l'agriculture. Loin de se plaindre de sa dure condition, le jeune Viannay regardait les peines de son état comme très-agréables à Dieu, et il cherchait à se sanctifier même dans les actions les plus ordinaires de la vie. Pour prendre patience et s'animer dans son dur labeur, il plaçait, à dix pas devant lui, une petite statue de la Sainte-Vierge tenant en ses mains l'Enfant Jésus. Son ardeur dans le travail s'enflammait à la vue de la Reine du Ciel, que Tertullien appelle l'*Ouvrière* de Nazareth, à la vue du divin Enfant, le *Fils de l'Artisan*. De temps en temps, il les fixait avec tendresse, avec une amoureuse confiance, avec un regard de prédestiné, et on l'entendait soupirer en essuyant ses sueurs : « Tout pour Jésus et Marie ! » Quand il était arrivé près de sa petite statue, il se prosternait devant elle, adressait au Sauveur et à la Vierge une prière fervente et, après un léger repos pris sous leurs yeux, il transportait plus loin sa chère image, reprenait son travail avec une nouvelle ardeur et le continuait jusqu'à la fin de la journée, toujours sous les auspices, sous les regards et sous les ordres de Jésus et de Marie. Oh ! comme ce travail devait être agréable à Dieu! Quelles journées pleines pour le Ciel! Comme ce pieux agriculteur des Dombes nous rappelle bien saint Joseph travaillant à Nazareth avec Jésus et Marie! Faut-il s'étonner si M. Vianney est devenu le modèle des prêtres et le thaumaturge du XIXe siècle!

PRIÈRE

O saint Artisan de Nazareth! si petit aux yeux des hommes, mais si grand devant Dieu, obtenez-moi la grâce de sanctifier mon travail comme vous par l'esprit de foi, de piété et d'amour. Faites que chacune de mes actions, accomplie en Dieu et pour Dieu, me mérite un surcroît de grâces en ce monde et un degré de gloire de plus au Ciel. Ainsi soit-il.

VINGT-QUATRIÈME JOUR

La bienheureuse mort de saint Joseph.

1° Il meurt assisté par Marie. —
2° Il meurt assisté par Jésus. —

PREMIER POINT. — Une vie pleine de mer-

veilles ne pouvait se terminer que par une
mort digne d'elle. Le moment arrivait où
Jésus devait sortir de l'obscurité de Nazareth
et se manifester au monde ; le ministère de
Joseph était donc accompli. Après avoir
passé trente ans dans la compagnie du Sauveur et de sa divine Mère, il ne manquait
plus rien à son bonheur que de rendre le
dernier soupir entre leurs bras. Pleine de
reconnaissance pour les services importants
qu'elle a reçus de son Epoux, Marie redou-
ble de tendresse pour lui dans les derniers
moments. Elle veille à son chevet, elle re-
mue doucement sa couche, elle le sert de
ses propres mains, elle fortifie et console
sa sainte âme avec une délicatesse et une
charité dignes de la Mère de Dieu et qui ra-
vissent les esprits célestes d'admiration. —
Saint Bernardin de Sienne considérant l'heureux trépas de Joseph assisté par la Reine
du Ciel ne sait comment expliquer les consolations, les douceurs, les lumières, les
élans d'amour qui agitent délicieusement ce
cœur béni entre tous les cœurs. — O Marie,
si vous avez tant de fois, dans la suite des

siècles, changé, pour vos pieux serviteurs, les ombres de la mort en un jour pur et serein, quelles suavités, quels charmes votre présence sanctifiante ne répandit-elle pas sur les derniers instants de votre saint Epoux, que vous aimiez de tout votre cœur ?

Voulons-nous, âme chrétienne, comme saint Joseph, être assistés et consolés par Marie à notre heure dernière ? A l'exemple de ce glorieux Patriarche, servons, aimons la Très-Sainte-Vierge durant notre vie. Le souvenir de ce que nous aurons fait chaque jour en son honneur nous remplira de joie et d'espérance au moment de la mort, moment redoutable duquel dépend notre éternité. O Vierge sainte, vous qui reçûtes les derniers soupirs de Joseph, obtenez-nous de votre divin Fils la grâce de mourir dans un sentiment profond de repentir et d'espérance. Sainte Mère de Dieu, priez pour nous maintenant, mais surtout à l'heure de notre mort.

DEUXIÈME POINT. — Contemplons maintenant Notre-Seigneur rendant à son Père nourricier les derniers devoirs de la piété filiale. Sans doute, Jésus aura payé en ce moment suprême toutes les fatigues de Joseph par des torrents de joie intérieure, toutes ses larmes par autant de consolations célestes, toutes ses angoisses par des gages assurés de paix et d'immortalité. Assis près du lit du saint Vieillard, il lui adresse d'ineffables paroles, il l'établit le Protecteur des mourants et le Patron de la bonne mort; il fait jaillir à ses yeux un rayon de sa divinité. D'une main, il soutient sa tête défaillante, de l'autre, il lui montre le Ciel. Puis, après l'avoir embrassé et béni une dernière fois : « Partez, âme de mon Père, dit le Sauveur, et soyez portée par mes anges dans le sein d'Abraham ; bientôt viendra le jour où vous monterez avec moi dans le Paradis. » Et Joseph, regardant une dernière fois son Fils et son Dieu, remet doucement sa belle âme entre ses mains. Une troupe d'anges, obéissant à la voix de leur Maître, le conduisirent aux limbes, où les patriarches attendaient la Rédemption Quelle scène attendrissante ! quelle précieuse mort ! « Mort désirable, dit saint François de Sales, maladie des saints séraphiques, mort que désireraient les anges eux-mêmes, si les anges pouvaient mourir. » O Joseph ! c'est bien de vous qu'on peut dire que vous êtes mort dans le baiser du Seigneur : *In osculo Domini.*

Il ne tient qu'à nous, âme chrétienne, de participer au bonheur de Joseph. Jésus viendra nous consoler à notre heure dernière si, comme lui, nous passons notre vie en sa douce compagnie, car la mort n'est que l'écho de la vie. O bienheureux Père, quand je serai étendu sur un lit de douleur, dites à Jésus de venir jusqu'à moi, pour me visiter, me bénir, me nourrir une dernière fois. Alors, muni du Viatique sacré, Pain du voyageur, je jetterai un dernier adieu à la terre, et mon âme prendra son vol vers le Ciel, pour vous contempler avec Jésus et Marie durant les siècles des siècles.

EXEMPLE

Il y a quelques années, dans une belle campagne près de Paris, un bon chrétien, un fidèle serviteur de

Joseph et de Marie allait mourir. Tout était beau pour lui sur la terre, tout devait l'attacher à la vie. Une jeune épouse, comme lui fervente chrétienne, et quatre petits enfants pleins de charmes, l'entouraient de leur affection et de leur dévoûment. Néanmoins, il était prêt à tout sacrifier et il ne songeait qu'à bien mourir. Un prêtre, ami de la famille, vint plusieurs fois préparer son âme pour le grand voyage de l'éternité. Le jour choisi par le malade lui-même pour la réception du saint Viatique étant arrivé, il fait embellir sa chambre et disposer sur un petit autel bien orné un beau Christ en ivoire et de chaque côté une petite statue de la Sainte-Vierge et de saint Joseph. Ensuite, appelant ses enfants et les regardant avec amour, il leur dit : « Allez, mes enfants, allez au jardin, et cueillez les plus belles fleurs, c'est la Fête-Dieu chez nous aujourd'hui, le bon Jésus va venir ; jetez partout des fleurs sur son passage, dans l'avenue, sur l'escalier et dans ma chambre. » — Ces chers enfants obéissent et sèment partout des fleurs. Jésus vient au milieu des lis et des roses ; en entrant il bénit le malade, il bénit la mère et les enfants qui priaient et pleuraient agenouillés autour de son lit. Ce bon chrétien communie avec la ferveur d'un ange, le regard attaché sur l'image de Joseph et de Marie, et quelques jours après il allait au Ciel en bénissant encore ses petits enfants. Sans doute, ils se rappelleront toute leur vie qu'ils ont eu dans leur maison la Fête-Dieu, que Jésus y est venu au milieu des fleurs et que leur père a rendu le dernier soupir sous les yeux de Marie et de Joseph, et muni du Viatique sacré. Oh! la belle, la précieuse mort !...

PRIÈRE

O Chef vénéré de la sainte Famille! après avoir vécu avec Jésus et Marie, vous êtes mort sous leurs regards protecteurs, sous leur commune bénédiction. Faites que Jésus et Marie viennent m'assister à ma dernière heure, que le dernier battement de mon cœur soit un acte d'amour pour eux, et que leurs noms sacrés soient les derniers mots qui s'échappent de ma bouche expirante. Ainsi soit-il.

VINGT-CINQUIÈME JOUR

Saint Joseph Patron de la bonne mort.

1° Parce qu'il est le Père de notre Juge. —
2° Parce est qu'il le Vainqueur du démon. —

PREMIER POINT. — « Personne, dit la

Sainte-Ecriture, ne sait s'il est digne d'amour
ou de haine. » Le grand Apôtre exprimait la
même pensée quand il écrivait aux Corin-
thiens : « Quoique ma conscience ne me reproche rien, je ne suis pas justifié pour
cela, mais c'est le Seigneur qui est mon
Juge. » Peut-on lire ces paroles sans effroi ?
Aussi les âmes les plus saintes tremblent à
la pensée de la mort et du jugement : moment redoutable duquel dépend toute une
éternité : *O momentum a quo pendet æter-
nitas !* Pour nous, heureux serviteurs de
saint Joseph, ayons confiance. De temps im-
mémorial, ce grand Saint est invoqué dans
l'Eglise comme patron de la bonne mort. Sa
qualité de Père du Juge Souverain de qui
dépendra notre salut éternel, a tout naturel-
lement inspiré cette dévotion aux chrétiens.
Moïse n'était que le chef et le conducteur
d'Israël, et cependant il en use à l'égard
de Dieu même avec tant d'autorité que, s'il
le prie en faveur de ce peuple rebelle, sa
prière devient un commandement qui lie les
mains à la divine Majesté et la réduit à l'im-
puissance de châtier les coupables, jusqu'à

ce que Moïse lui en ait rendu la liberté. Mais combien plus d'autorité n'aura pas pour lier les mains au Souverain Juge notre saint Patriarche qui fut appelé à la dignité sublime de Guide, de Gardien, de Père de Celui qui jugera les vivants et les morts ! Oui, il sera notre défenseur, notre avocat auprès de ce Juge si redoutable pour les pécheurs, et la cause de notre salut éternel sera gagnée. Alors, au lieu de nous condamner, Jésus nous adressera ces consolantes paroles : « Venez, oh ! venez, les bénis de mon Père céleste, les bénis aussi de mon Père terrestre, saint Joseph, venez posséder le royaume de gloire qui vous a été préparé ! »

Mais pour obtenir cette insigne faveur, âme chrétienne, nous devons nous appliquer à mourir toute notre vie, *quotidie morior*, afin de ne vivre plus, comme saint Joseph, que de Jésus-Christ et en Jésus-Christ. Cette mort de chaque jour ôte à la dernière toutes ses amertumes, toutes ses horreurs; elle devient alors l'heureux jour de la délivrance et la consommation de l'holocauste. O mon saint Patron ! obtenez-moi le goût de cette mort quotidienne qui m'assure la vie et les jours de la bienheureuse éternité.

DEUXIÈME POINT. — Au moment de la mort, Joseph nous protégera encore contre les redoutables assauts du démon. Le divin Jésus, pour le récompenser de lui avoir sauvé la vie en le délivrant de la fureur d'Hérode, lui a donné le pouvoir spécial de soustraire aux embûches de Satan et à la mort éternelle les agonisants qui se sont mis sous sa protection. Aussi, lorsque notre saint Patriarche entra en Egypte avec l'enfant Jésus et sa Mère, les idoles furent renversées, les oracles se turent, le père du mensonge se trouva enchaîné et les spectres infernaux prirent la fuite. Voilà bien pourquoi l'Eglise donne à saint Joseph le titre de Vainqueur de l'enfer. Voilà pourquoi on l'invoque avec Marie dans tout l'univers catholique comme le Patron de la bonne mort. Voilà pourquoi, enfin, les dévots serviteurs de saint Joseph triomphent sans peine au dernier combat et s'endorment paisiblement dans le Seigneur. Sainte Thérèse rapporte elle-même les circonstances touchantes qui accompagnaient les derniers instants de ses chères filles, si dévotes à leur saint Protecteur. « J'ai remarqué en elles, au moment de rendre le dernier soupir, une paix et une tranquillité indicibles ; on eût dit qu'elles entraient dans un ravissement ou dans le doux repos de l'oraison. Rien n'indiquait au dehors qu'aucune tentation ne troublât la paix intérieure dont elles jouissaient. Ces divines lumières ont banni de mon cœur la crainte que j'avais de la mort. Mourir me semble maintenant la chose la plus facile pour une âme dévouée à saint Joseph. »

Puissions-nous, âme chrétienne, éprouver les mêmes sentiments, les mêmes consolations à notre heure dernière ! Puissions-nous dire avec le grand Apôtre : Seigneur, aidé de votre grâce, aidé de la protection de votre Père nourricier, le Vainqueur de l'enfer, j'ai vaillamment combattu vos combats, j'ai terrassé le démon, et maintenant je demande que vous déposiez sur mon front vainqueur, non pas la couronne de miséricorde, mais la couronne de justice.

EXEMPLE

Il y a à peine une année, dans le département du Lot, un jeune homme revenait de Bordeaux avec des idées impies qu'il avait recueillies en faisant, comme on dit, son tour de France. Ce malheureux ouvrier rapportait de ses voyages le germe d'une maladie de poitrine qui devait le conduire au tombeau; mais son âme était aussi malade que son corps. Un prêtre zélé ayant voulu l'engager à se confesser, en reçut cette réponse : Je ne crois pas à la confession ! Plusieurs personnes lui avaient également parlé de religion, et il les avait repoussées brusquement, leur montrant la porte. On cessa d'aborder la question, dans la crainte de le mettre en fureur et d'entendre des blasphèmes. Des personnes pieuses eurent l'heureuse inspiration de s'adresser au bienheureux saint Joseph, Patron des mourants. Une neuvaine est commencée en son honneur. Quelque temps après, le jeune homme va à l'église; c'était pendant le Jubilé. Il entre dans la sacristie et demande à se confesser, ajoutant qu'il se sentait poussé à faire cela. M. le curé, attendri jusqu'aux larmes, l'embrasse, écoute sa confession; mais les forces ne permirent pas au jeune homme de continuer ses visites à l'église, il s'alita, fit appeler son confesseur, reçut les sacrements de la manière la plus édifiante, et mourut comme un prédestiné, avec joie et sérénité. Gloire à saint Joseph.

PRIÈRE

Grand Saint, qui êtes le modèle et le protecteur des mourants, faites, je vous en conjure, que je meure de la mort des justes. Pour mériter cette faveur, je veux commencer dès ce moment à me préparer à la mort. Jésus, Marie, Joseph! soyez-moi propices maintenant et à mon heure dernière. Ainsi soit-il.

VINGT-SIXIÈME JOUR

Saint Joseph dans les limbes.

1° Il console les âmes des Justes. —
2° Il est établi le Consolateur des âmes du Purgatoire. —

PREMIER POINT. — L'âme de saint Joseph, en sortant de son corps, descendit dans les limbes, car le ciel n'était pas encore ouvert. « La Très-Sainte Trinité destina ce glorieux Patriarche, dit la vénérable Marie d'Agréda, pour être le prédicateur de Jésus-Christ auprès des saints de l'Ancien Testament, qui attendaient dans ce lieu d'exil la venue de leur Libérateur. » Comme une belle aurore qui dissipe les ténèbres de la nuit, Joseph annonce le divin Soleil de justice qui doit les visiter bientôt, pour les introduire dans la Jérusalem céleste. Qui pourrait dire avec quels transports de joie les patriarches, les prophètes et la foule des justes qui étaient morts avant lui, accueillirent au milieu d'eux le Père nourricier de Jésus, l'Epoux de Marie! Avec quel indicible bonheur ils reçurent de lui les renseignements les plus touchants sur la personne du Sauveur et sur les vertus de sa divine Mère! Qui, mieux que lui, pouvait satisfaire leur pieuse curiosité? Il a tout vu; il a joui de la présence du Fils et de la Mère. Trente années d'une vie divine, dont il a été le témoin constant, lui fournissent mille détails que les Apôtres ne nous donneront pas. Oh! que de secrets intimes il dévoile à ces saintes âmes dont il devient l'évangéliste et l'ange consolateur. Pénétrée d'admiration, ravie de joie, l'auguste Assemblée éclate en transports d'amour et de reconnaissance, et elle salue le jour prochain de sa délivrance.

Ame chrétienne, soyons apôtres aussi, annonçons la bonne nouvelle, faisons connaître Jésus et Marie. Hélas ! ils sont peu connus dans le monde, même de ceux qui passent pour leurs disciples et leurs serviteurs. Combien méritent ce reproche que le divin Maître faisait à ses apôtres la veille de sa Passion : Il y a longtemps que je suis avec vous, et vous ne me connaissez pas ! Je suis comme un étranger pour vous ! Oui, faisons connaître Jésus et Marie, redisons leurs vertus, leurs bienfaits, leur amour pour nous, et ils seront mieux aimés, mieux servis, et cette reconnaissance, cet amour délivreront les âmes de la captivité du péché.

Deuxième point. — Considérez maintenant que le séjour que fit saint Joseph dans les limbes et les consolations qu'il porta aux âmes justes qui attendaient leur délivrance, lui ont assuré le titre de Père et de Protecteur de ces autres âmes qui gémissent dans les flammes du Purgatoire. « Le Fils de Dieu, dit un saint Père, ayant les clefs du Paradis, en a donné une à Marie et l'autre à saint Joseph, afin qu'ils puissent y introduire tous leurs fidèles serviteurs. » Nous avons donc lieu de croire que dans le Ciel notre saint Patron intercède sans cesse en faveur de ces pauvres âmes que la Justice divine retient au milieu des flammes expiatrices du Purgatoire, et qu'il envoie souvent les anges du Ciel, devenus ses ministres, pour les soulager et les délivrer. Mais s'il est vrai que ce saint Patriarche est le consolateur de toutes les âmes captives, il est vrai aussi qu'il réserve des gages plus tendres de son amour à celles qui, pendant leur vie, se sont distinguées par leur zèle à propager son culte. Le premier Joseph, durant la famine, soulagea tous les Egyptiens en leur distribuant les blés dont il avait fait provision ; mais il fut plus généreux envers ses propres frères. Non content d'avoir rempli leurs sacs de froment, il y ajouta en présent la somme qu'ils avaient apportée. Notre glorieux Patron traitera de même, et

plus généreusement encore, ses fidèles serviteurs ; il ne cessera d'intercéder pour eux
auprès de Jésus et de Marie, jusqu'à ce
qu'ils les aient délivrés de leurs peines et
emmenés dans le lieu du rafraîchissement,
de la lumière et de la paix:

Soyons fidèles aussi à soulager les saintes
âmes du Purgatoire ; la justice, la charité,
la reconnaissance nous en font un devoir.
O âme chrétienne, rappelez-vous l'amour
tendre et empressé dont ce père, cette mère, ces frères et sœurs que vous avez eu la
douleur de perdre, vous ont donné de si
consolantes preuves. Et vous les oublieriez
maintenant qu'ils vous tendent des mains
suppliantes du milieu de leurs tortures !
Ah ! procurez-leur une prompte délivrance
par le saint sacrifice de la Messe, par la
sainte communion et par l'intercession de
saint Joseph.

EXEMPLE

La *Semaine religieuse* de Bourges rapportait na-
guère le trait suivant, qui prouve que le soldat français a du cœur et que, même sur le champ de bataille,

il n'oublie pas ses parents défunts. — Un brave et
vertueux militaire, s'adressant à la religieuse qui
soignait les blessés à l'ambulance, lui dit : « Ma
sœur, je voudrais bien vous prier de me rendre un
service. Lorsque je fus rappelé comme ancien militaire, je dus laisser seul mon vieux père malade, car
je n'ai qu'un frère, qui est prisonnier en Prusse. Eh
bien ! ma sœur, j'ai là un peu d'argent, vous me
feriez plaisir si vous vouliez le distribuer aux soldats
malades qui en ont le plus besoin, à l'intention de
mon père, qui n'est peut-être plus vivant et dont l'âme
pourrait souffrir en Purgatoire ; et là-dessus, tirant de
sa poche vingt francs, il lui en présente quinze. —
« Mais, mon cher ami, lui dit la sœur, touchée de
cette action, cet argent peut vous être nécessaire à
vous-même. » — « Ah ! ma sœur, moi je n'ai besoin de
rien, et cet argent peut être nécessaire à d'autres. »
— « Alors, dit-elle, j'accepte au nom de votre père,
et je ferai dire une messe à votre intention. » —
» Oh ! oui, je vous en prie, faites dire une messe pour
lui, mais je ne veux pas que vous preniez sur les
quinze francs que je vous ai donnés, voici deux francs. »
— « Mais, répond celle-ci, il ne vous restera plus
rien !... et puis une messe ne coûte pas deux francs. »
— « Alors, ma sœur, vous en ferez dire une pour ma
pauvre mère, que j'ai eu le malheur de perdre. » —
Emue jusqu'aux larmes, la religieuse lui promet
d'accomplir son désir. Mais voici que le lendemain le
militaire vient de nouveau la trouver. « Ma sœur, dit-
il, en présentant les trois francs qui lui restent,

tenez, j'y ai réfléchi, faites dire encore trois messes pour ma pauvre mère, qui était si bonne pour moi et qui a peut-être besoin de mes prières. » — La sœur ne répondit pas, mais elle versait des larmes en recevant cette offrande si belle aux yeux de Dieu et aux yeux des hommes.

PRIÈRE

O Jésus ! ayez pitié de l'âme de nos frères trépassés qui n'ont pu, dans leur vie, satisfaire entièrement à votre justice ; abrégez le temps de leur souffrance et exaucez les prières que nous vous adressons pour eux par l'entremise de saint Joseph. Ainsi soit-il.

VINGT-SEPTIÈME JOUR

Résurrection de saint Joseph.

1º Résurrection très-probable. —
2º Résurrection glorieuse. —

PREMIER POINT. — C'est une croyance pieuse, très-fondée et généralement admise dans l'Eglise, que saint Joseph est ressuscité avec Jésus et qu'il est monté au Ciel en corps et en âme avec ce divin Fils, au jour de son Ascension. En effet, qui méritait mieux d'accompagner le Christ dans son triomphe, que celui qui l'avait accompagné si amoureusement dans son exil en Egypte et durant le pèlerinage laborieux de sa sainte vie? Quoi! vous auriez ressuscité tant de morts, ô mon Jésus! et vous n'auriez pas ressuscité votre Père adoptif qui vous avait tant aimé et que vous-même aviez tant honoré! Vous auriez abandonné à l'horreur du tombeau jusqu'à la fin des temps les restes si saints et si précieux de l'Epoux de Marie, cet ange de la terre! Non, cela n'est pas croyable; non, Jésus n'a pas permis que la chair virginale de Joseph subît la corruption du tombeau et restât enfouie dans la terre jusqu'à la résurrection générale. « Si le Dieu Sauveur, dit saint Bernardin de Sienne, a voulu, pour satisfaire sa piété filiale, glorifier le corps aussi bien que l'âme de la Très-Sainte-Vierge au jour de son Assomption, l'on peut et l'on doit croire pieusement qu'il n'a pas moins fait pour Joseph, si grand entre tous les saints, et qu'il l'a ressuscité glorieux le jour où, après s'être ressuscité lui-même, il en a tiré tant d'autres de la poussière du tombeau, et qu'ainsi, cette sainte Famille, qui avait été unie sur la terre par la communauté des souffrances et par les liens du même amour, règne maintenant en corps et en âme dans la gloire des cieux. »

Pensons, âme chrétienne, que nous ressusciterons aussi à la fin des temps; c'est un article bien consolant de notre foi : *Credo carnis resurrectionem.* Notre corps, qui aura été à la peine, sera aussi à la gloire. Il ne fera que traverser le tombeau, que se courber, pour ainsi dire, sous ses voûtes sombres, pour se redresser au-delà dans l'immortalité. Chacun de nous peut donc s'écrier dans l'élan de sa foi et de son espérance : *Je sais que mon Rédempteur est vivant, qu'au dernier jour je ressusciterai avec tous mes membres, et que je verrai Dieu dans ma propre chair. C'est cet espoir qui me console et repose délicieusement dans mon cœur.*

Deuxième point. — Il est écrit : « *Le gar-*

dien de son Dieu sera glorifié, » et cette parole semble avoir été inspirée par l'Esprit-Saint pour prédire la glorification de saint Joseph. Comment, en effet, prédire la gloire, la beauté du corps ressuscité du bienheureux Patriarche? Quelle auréole de lumière environne sa tête vénérable! Quels éclairs brillent dans ses yeux, qui ont contemplé le Verbe de vie! Quels rayons s'échappent de ses mains, qui l'ont touché! Quelle splendeur éclate dans toute sa personne! Les anges le contemplent avec admiration, et Jésus lui dit avec amour : Venez bon et fidèle serviteur, le béni de mon Père céleste; venez, fidèle Gardien, prendre possession du royaume que vous avez mérité; car j'étais nu sur la terre, et vous m'avez vêtu; j'ai eu faim, et vous m'avez donné à manger; j'ai eu soif, et vous m'avez donné à boire; j'étais étranger, et vous m'avez accueilli : entrez maintenant dans la joie du Seigneur. — C'en est fait, le mystère de gloire est consommé, notre saint Patron est assis pour jamais dans le ciel, le second après Jésus, le premier après Marie, dit le célèbre Gerson. — O doux Jésus ! soyez à jamais béni d'avoir voulu ainsi honorer au Ciel Celui qui vous a tant aimé sur la terre et que nous désirons nous-mêmes honorer et aimer de tout cœur.

Voulons-nous, âme chrétienne, mériter une résurrection glorieuse? Estimons et gardons inviolablement la chasteté, cette vertu si belle qui communique à la chair de l'homme quelque chose de divin que la mort même semble vouloir respecter. C'est elle qui nous donne, selon l'expression de Tertullien, une chair angélisée : *Angelificata caro*, et l'enrichit de germes d'immortalité glorieuse. Bienheureux ceux qui ont le cœur pur, ils brilleront un jour comme des étoiles dans le firmament : *Fulgebunt justi.*

EXEMPLE

Saint Louis de Gonzague avait une dévotion toute filiale à saint Joseph. Il s'appliquait surtout à imiter sa chasteté virginale, et il avait si bien copié son modèle que la belle vertu semblait sortir de tous ses pores et répandait autour de lui le plus doux parfum. C'était un ange du Ciel qui s'ennuyait sur la terre ; aussi bientôt finit son exil ; il mourut à vingt-deux ans, comblé de mérites. Mais à peine eut-il rendu le dernier soupir, que tous les pères, toutes les mères et tous les jeunes gens de la ville de Rome qui l'avaient connu, accoururent auprès de son lit funèbre pour contempler et vénérer cette séraphique relique. Son corps, sa chambre, ses habits, tout ce qui avait été à son usage devenait un objet de vénération. On voyait sur ce corps précieux les vertus éclatantes qu'il avait pratiquées; on y admirait surtout les glorieux stigmates de la chasteté. Le lis de saint Joseph avait touché son front et y avait laissé l'empreinte et l'éclat de la belle vertu. L'expression de sa figure avait je ne sais quoi de céleste qui ravissait tout le monde; c'était un reflet de la gloire qui entoure le chœur des vierges dans le Ciel. Aussi chacun disait : « Ce n'est pas un corps terrestre, c'est un corps spiritualisé et glorieux. » Et la cour de Rome appela Louis : l'*Angélique* jeune homme. — Si telle a été la beauté corporelle de Louis de Gonzague sur son lit de mort, que sera-t-elle au grand jour de la résurrection quand elle réfléchira tout l'éclat de la virginité qu'il pratiqua à un si haut degré? Ornons donc ici-bas nos âmes de vertus et nos corps ressusciteront glorieux et étincelants comme les anges de Dieu : *Erunt sicut angeli Dei.*

PRIÈRE

O Joseph! ô mon saint Protecteur! il m'est permis de croire que vous êtes au Ciel en corps et en âme, avec Jésus et Marie. Je me réjouis de votre résurrection glorieuse et je vous supplie de m'obtenir un ardent désir de la céleste Patrie, afin que je puisse un jour être témoin de votre triomphe et remercier Jésus de vous avoir si admirablement glorifié. Ainsi soit-il.

VINGT-HUITIÈME JOUR

Saint Joseph dans le Ciel.

1° Sa gloire. —
2° Son bonheur. —

PREMIER POINT. — Autant Joseph s'est abaissé ici-bas, autant il est élevé dans la gloire. Sur la terre, il paraissait le dernier des hommes ; au Ciel, il occupe le premier rang après Jésus et Marie. Sur la terre, il était dans la pauvreté la plus nécessiteuse ; au Ciel, il est enrichi de tous les biens, et il est avec Marie le dispensateur des trésors divins. Sur la terre, il était dans la dépendance de tout le monde ; au Ciel, il est

comblé d'honneurs et il commande plutôt
qu'il ne prie. Il est l'objet des complaisances de la Très-Sainte Trinité : du Père,
dont il a été l'image sur la terre ; du Fils,
qu'il a nourri par son travail ; du Saint-
Esprit, dont il a suivi si fidèlement les inspirations. L'auguste Reine du Ciel, Marie,
jette sur lui des regards de tendresse. Les
hiérarchies saintes forment sa cour, et les
Anges, qui lui étaient envoyés sur la terre
comme ambassadeurs, s'empressent au Paradis d'exécuter ses moindres ordres. Tous
les saints enfin se réjouissent de son triomphe et y applaudissent. Ainsi est honoré
celui que le Roi des rois a voulu honorer.
Un grand théologien, le Père Suarez, avait
donc bien raison de s'écrier : « O Joseph,
que votre gloire est grande dans le Ciel!
Vous surpassez tous les saints en grâce et en
béatitude ! »

Oh ! quand donc nous sera-t-il donné,
âme chrétienne, de voir et de contempler la
gloire de notre saint Patron dans le Ciel?
Quand serons-nous assis près de son trône
pour jouir de la félicité qu'il prépare à ses

serviteurs! O glorieux saint Joseph, nous sommes seuls, pauvres et exilés sur une terre ennemie où il faut soutenir chaque jour de nouveaux combats; consolez notre exil, adoucissez notre douleur, et guidez notre frêle esquif au milieu de la mer agitée du monde jusqu'au port de la patrie bienheureuse.

Deuxième point. — Au Ciel, le bonheur de saint Joseph égale sa gloire. La possession de Jésus et de Marie faisait déjà sa joie sur la terre : *Constituit principem omnis possessionis suœ*. C'est encore cette glorieuse prérogative qui fait sa suprême béatitude dans le Paradis, comme nous l'assurent saint Bernard de Sienne et saint Thomas. En effet, quelle jouissance inénarrable pour ce bienheureux Père de voir, dans toutes les magnificences de sa gloire, ce Dieu qu'il a vu si petit pendant les jours de sa vie mortelle, couché sur la paille ou enseveli dans l'obscurité d'un misérable atelier! Plus privilégié que les autres prédestinés, il n'aime pas Jésus seulement comme son Dieu, mais il continue à l'aimer comme son

Fils et à en recevoir les témoignages de tendresse les plus affectueux. — Quelle joie aussi pour saint Joseph de contempler Marie, son auguste Epouse, assise à la droite de Jésus, sur le trône le plus resplendissant. Il faudrait l'aimer comme lui, avoir partagé les épreuves et les humiliations de cette divine Mère, pour se faire une juste idée du bonheur que la félicité de la Vierge Immaculée ajoute à celle de son saint Epoux. Avec quelle tendresse et quelle affection de cœur, s'écrie saint Liguori, ne doit-il pas lui dire : « O ma Souveraine et mon Epouse ! livrons-nous à une sainte allégresse en contemplant notre Jésus, non plus dans les humiliations comme à Nazareth et à Bethléem, mais assis à la droite de son Père. Désormais, rien ne pourra nous séparer de l'objet de notre amour; éternellement nous demeurerons avec lui pour le bénir et le louer dans les splendeurs des saints. »

Je me prosterne à vos pieds, ô glorieux Joseph, et je vous félicite du haut degré de gloire où Dieu vous a élevé et du torrent de félicité dont il remplit votre cœur.

Vous êtes dans la patrie, et votre enfant, hélas ! gémit encore dans l'exil ; vous êtes au port, et votre enfant vogue sur la mer orageuse du monde. Ah ! ne permettez pas que je fasse naufrage. O vous qui avez sauvé le divin Enfant des fureurs d'Hérode, sauvez-moi ! Soyez mon protecteur et mon guide ; conduisez-moi où vous êtes : là aussi sont Marie et Joseph ; là, je partagerai votre bonheur. O Jérusalem ! ô ma patrie ! si je t'oublie, que ma droite s'oublie elle-même, que ma langue s'attache à mon palais si je ne me souviens pas de toi et si tu ne restes pas toujours ma première joie !

EXEMPLE

Dans le département de l'Aisne, une jeune fille, nommée Blanche, était née le 19 mars 1842, et c'est encore le 19 mars de l'année dernière qu'elle a eu le bonheur de quitter l'exil, ainsi qu'elle l'avait annoncé. Pendant les vingt-neuf ans qu'elle a vécu, elle a été un modèle d'innocence, de modestie, de piété. — Depuis quinze ans, les médecins avaient déclaré Blanche poitrinaire et ne donnaient aucun espoir de guérison. Au mois de mars, sa faiblesse devenant extrême, elle comprit que sa fin approchait. Alors elle ne songea plus qu'à se préparer à bien mourir. Elle ne cessait de répéter : Le 19, j'irai fêter saint Joseph au Ciel ! Le 10, elle demanda à être administrée. La fréquente communion, qui avait fait ses délices toute sa vie, venait encore la fortifier plusieurs fois par semaine. — A mesure que le 19 approchait, elle manifesta un plus grand désir de mourir. La veille, elle demanda : Est-ce la fête de saint Joseph, aujourd'hui ? — Sur la réponse négative, elle s'écria : Oh ! que c'est long ! — Le 19 au matin, elle dit : Voilà le grand jour, tout se décidera. — A dix heures, elle s'écria : Vite, vite, voici saint Joseph qui vient me chercher ; il faut que j'aille au-devant de lui. — Sa figure devint radieuse comme celle d'une personne favorisée d'une vision céleste. Ensuite, elle ferma doucement les yeux. Un moment après, elle prononça deux fois, bien distinctement : Jésus, Marie, Joseph, ayez pitié de ma pauvre mère ! Elle continua à remuer les lèvres, ce qui faisait penser qu'elle priait encore. Enfin, elle poussa un léger soupir : c'était le dernier. Il est resté sur sa physionomie une expression d'ineffable bonheur qui a charmé les nombreuses personnes qui sont venues la visiter pendant les deux jours qu'elle a été exposée. Tout le monde disait : Elle est au Ciel, près de saint Joseph !

PRIÈRE

O bienheureux Joseph, c'est votre amour pour Jésus et Marie qui vous a mérité ce haut degré de gloire

et de bonheur qu'admirent les anges. Ah! puisque je
suis votre enfant, obtenez-moi, ô mon tendre Père,
la grâce de marcher sur vos pas, d'aimer comme vous
mon doux Jésus et sa très-sainte Mère et d'être avec
vous auprès d'eux pendant l'éternité. Ainsi soit-il.

VINGT-NEUVIÈME JOUR

Saint Joseph Patron de l'Eglise universelle.

1° Patron plein de puissance. —
2° Patron plein de bonté. —

PREMIER POINT. — Le Souverain Pontife,
cédant aux vœux d'un grand nombre d'Evêques et de pieux fidèles, a cru que dans ces
jours d'orage la barque de Pierre avait besoin
d'une protection particulière, et il a déclaré
saint Joseph *Patron de l'Eglise catholique.*
Où trouver, en effet, un Protecteur plus puissant? Jésus, auquel toute puissance a été

donnée au Ciel et sur la terre, a bien voulu naître dans sa dépendance et lui obéir durant trente années. Et, ne croyez pas que cette autorité ait cessé et que Joseph ait perdu tous ses droits sur le cœur de Jésus : « Au Ciel, il commande plutôt qu'il ne supplie, dit Gerson : *Non impetrat, sed imperat.* L'Eglise montre bien ce qu'elle pense du crédit que son auguste Protecteur a dans la gloire, lorsqu'elle demande par son intercession ce qu'elle ne pourrait obtenir par elle-même. Aussi le savant dominicain Isidore de l'Isle l'avait-il déjà appelé le Patron de l'Eglise militante : *Patronus militantis Ecclesiæ.* Et le Docteur angélique affirme que son patronage embrasse tous nos besoins spirituels et temporels. « Quelques saints, dit-il, ont reçu le privilége de nous patronner spécialement en certaines causes ; mais il a été donné au très-saint Joseph de nous secourir en toute affaire et en toute nécessité, de défendre, de protéger, d'accueillir avec une paternelle affection tous ceux qui ont pieusement recours à lui. » — Combien j'aime ces pieuses images où notre Saint est représenté assis sur un trône de nuages et l'Enfant-Jésus sur ses genoux. Une foule de personnes, agenouillées sur la terre, lèvent les mains vers lui et lui présentent des pétitions. Joseph les reçoit une à une, les met sous les yeux de l'Enfant-Jésus et lui prend la main pour les lui faire signer, absolument comme un père qui commande à son fils. Tel est bien le rôle et le crédit du saint Patriarche : il commande toujours et Jésus obéit : *Imperat... erat subditus.*

Ame chrétienne, en ces jours d'angoisses et d'épreuves, recourons avec confiance à notre puissant Protecteur ; prions-le de veiller sur l'Eglise et sur la France, si douloureusement affligées, et de leur obtenir de Dieu la guérison et le salut. « Marie et Joseph, les deux soutiens de l'Eglise, a dit Pie IX, reprennent dans le cœur des hommes la place qu'ils n'auraient jamais dû y perdre ; le monde sera sauvé de nouveau. »

Deuxième point. — Si saint Joseph est le Protecteur le plus puissant, il est aussi le plus tendre et le plus compatissant. Aucun autre saint n'aime l'Eglise du même amour,

parce qu'aucun d'eux ne lui est aussi étroi-
tement uni. Les autres saints forment bien
le corps de Jésus-Christ, sont ses membres
et les membres les uns des autres, selon la
doctrine de saint Paul, mais saint Joseph,
Père de Jésus-Christ par l'amour, a une
union toute spéciale avec l'Eglise que le
grand Apôtre appelle l'extension du corps
de Jésus-Christ, avec les membres de l'E-
glise, qui sont aussi les membres du Christ.
Comme Père de Jésus, qui est notre Frère,
et comme Epoux de Marie, qui est notre
Mère, il regarde tous les fidèles comme ses
enfants. Son désir le plus ardent est donc de
les protéger et de combler de biens ceux que
Marie aime si tendrement et pour qui Jésus
est mort. Il n'en est aucun qui ne soit l'objet de sa sollicitude. Par conséquent, appro-
chons tous avec confiance, groupons-nous
autour de lui, il nous couvrira de sa protection. « Je ne me souviens pas, dit sainte
Thérèse, de lui avoir jamais rien demandé
jusqu'à ce jour, qu'il ne me l'ait accordé. »
Oui, âme chrétienne, jetons-nous aux
pieds de Joseph et rendons hommage à une

puissance d'intercession qui ne connaît pas
de limites, à une bonté qui embrasse tous
les frères de Jésus, tous les enfants de Marie. Invoquons-le désormais plus souvent et
avec plus de confiance. Oh ! que ne puis-je
en ce moment emprunter la voix de toutes
les créatures pour dire à tous les hommes :
« Prenez Joseph pour le premier de vos patrons, le plus intime de vos amis, le plus
puissant de vos protecteurs. »

EXEMPLE

Le curé d'une religieuse paroisse de la Vendée
écrivait dernièrement ces lignes : « Notre bien-aimé
Père saint Joseph continue toujours à être invoqué et
aimé dans ma paroisse. surtout depuis qu'il a été
proclamé *Patron de l'Eglise universelle*. Les tristes
événements qui viennent de se dérouler sur notre pauvre France n'ont fait qu'augmenter cette dévotion.
Avec quelle confiance les parents n'avaient-ils pas
placé sous la protection de ce grand Saint le sort
de leurs chers enfants partis à l'armée ? Que de messes
dites à son autel à cette intention! Que de prières
chaque jour et surtout chaque mercredi ! Aussi cette
confiance n'a pas été vaine, et tous nos jeunes gens
partis pour Paris sont revenus sains et saufs, tandis
qu'autour de nous, toutes les paroisses ont eu à déplorer bien des pertes. A leur retour, ces jeunes gens

ont tenu à remercier leur puissant Protecteur en assistant à une messe d'actions de grâces dite à son autel. Dans toute la paroisse, on attribue cet heureux retour des jeunes gens à la protection de saint Joseph, tellement qu'un homme qui n'est guère religieux et devant lequel on parlait de ce fait, disait : Ce n'est pas étonnant s'ils sont tous revenus, on les avait tant recommandés à saint Joseph ! — Gloire donc au saint Patriarche, amour et reconnaissance à ce puissant et aimable Protecteur !

PRIÈRE

O Joseph, votre puissance et votre bonté m'encouragent. Je viens à vous avec la confiance d'un enfant qui s'approche du meilleur des pères; protégez-moi. Protégez l'Eglise entière, qui est votre famille chérie; protégez en particulier la France, la fille aînée de l'Eglise, et assistez jusqu'à la fin le pieux Pontife qui a si glorieusement contribué à rehausser votre culte dans le monde entier. Ainsi soit-il.

TRENTIÈME JOUR

Excellence de la dévotion à saint Joseph.

1º Elle a été particulièrement réservée à notre époque. —

2º Elle répond admirablement aux besoins de notre époque. —

PREMIER POINT. — Dieu permit que l'ancien Joseph, fils du patriarche Jacob, fût renfermé assez longtemps dans une sombre prison, d'où il sortit plein de gloire. Telle a été, en quelque sorte, la conduite de la divine Providence à l'égard du Père nourricier de Jésus. Pendant plusieurs siècles, la dévotion au nouveau Joseph a été peu connue dans le Christianisme. Peut-être Dieu tenait-il à dessein cette dévotion en ré-

serve pour les jours mauvais et les dernières luttes de son Eglise. Aujourd'hui, le culte
de notre Saint renaît, s'épanouit, se propage
rapidement et promet les plus abondantes
bénédictions. Que d'églises, de chapelles et
d'autels en l'honneur de saint Joseph ! Que
de confréries et de congrégations sous son
patronage ! Quel beau mois lui est consacré !
Quelle multitude d'âmes, ravies de sa
beauté, lui paient chaque jour un tribut de
vénération, de confiance et d'amour ! Enfin,
l'Eglise elle-même, qui, par l'inspiration
de la divine Sagesse, avait laissé, en quelque manière, cet incomparable Patriarche
confondu dans la foule des saints, le montre
aujourd'hui à l'univers entier dans tout son
éclat et dans toute sa splendeur, et dit à tous
ses enfants : Adressez-vous à Joseph : *Ite ad
Joseph* ; recourez à lui avec confiance, car
il est proclamé le Protecteur de la grande
famille catholique, et célébrez désormais sa
fête avec toute la pompe et toute la solennité
dues au *Prince et au Maître de la maison du
Seigneur.* Cette juste glorification de l'Epoux
de Marie a été accueillie partout avec les plus

vifs transports d'allégresse . et notre siècle,
quoique plongé dans l'indifférence et le sen-
sualisme, devient, néanmoins, de plus en
plus le siècle de MARIE et de JOSEPH.

Bénissons Dieu, âme chrétienne, de cette
extension providentielle du culte de notre
bien-aimé Patron et tâchons de propager autour de nous sa dévotion. Oui, soyons à l'avenir de fervents serviteurs et des apôtres zélés
de saint Joseph. Faire connaître et aimer le
Père nourricier de Jésus, l'Epoux de Marie,
le Patron de l'Eglise universelle, quelle joie
pendant la vie et quelle consolation à l'heure
de la mort !

DEUXIÈME POINT. — Quelle dévotion con-
venait mieux que celle de saint Joseph à l'é-
poque agitée et profondément troublée dans
laquelle nous vivons. Trois grands maux
minent la société et désolent l'Eglise : la désorganisation de la famille, l'amour des plaisirs, la démoralisation de la classe ouvrière.
Eh bien! la dévotion à saint Joseph est le
remède le plus efficace à cette triple plaie.
Aux chefs de famille qui ont laissé tomber
de leurs mains le sceptre de l'autorité, et aux

enfants qui secouent le joug paternel, nous leur montrons saint Joseph, le modèle des pères de famille, et Jésus toujours soumis à ses ordres. Nazareth! ah! voilà le vrai type de la vie de famille. — A cette génération avide de luxe et de plaisir, ne travaillant que pour jouir, nous donnons aussi pour modèle saint Joseph, l'homme juste, chaste, désintéressé, pauvre et caché dans son obscur atelier. Lui, le Fils des rois, l'Epoux de la Reine des anges, le Père nourricier du Sauveur, il se cache, il reste dans l'ombre d'une vie obscure. Enfin, à ces pauvres ouvriers, tant sollicités par les agents du socialisme et des sociétés secrètes, nous offrons pour Patron saint Joseph, ouvrier lui-même, artisan laborieux, qui n'a connu d'autres secrets que celui d'une vie intérieure, humble, toute dévouée au service de Dieu, en compagnie de Jésus et de Marie. Ouvriers, artisans, cultivateurs! voilà votre modèle, imitez-le; voilà votre protecteur, invoquez-le.

Puisque la dévotion à ce grand Saint est si appropriée à nos besoins, et puisque Dieu a constitué Joseph le Maître de sa maison, comme il avait autrefois établi l'ancien patriarche sur toute la terre d'Egypte, afin d'assurer des vivres à son peuple, imitons les enfants de Jacob, et si nous ne voulons pas mourir, allons à Joseph. Une grande famine, hélas ! désole aussi nos contrées, et la nourriture qui fait défaut n'est pas seulement le pain qui soutient le corps, c'est surtout le pain vivant qui nourrit les âmes, c'est la vérité qui éclaire, c'est la grâce qui sanctifie. Oui, allons à Joseph, et il nous donnera Jésus-Christ, ce froment des élus, le pain sacré des voyageurs.

EXEMPLE

Au milieu du mois de mars de l'année 1867, on portait une dame paralytique protestante dans un hospice du Canada placé sous le patronage de saint Joseph. Elle venait y chercher un soulagement à ses souffrances et ne songeait guère à un changement de religion. Elle s'en expliquait même avec une de ses amies, lui disant : Bien fin serait celui qui m'attraperait ! — Elle ne connaissait pas saint Joseph, encore moins toutes ses industries pour gagner une âme. Chaque jour des religieuses attachées à l'hospice faisaient le mois de mars et adressaient des prières à saint Joseph pour la pauvre paralytique. A son insu, elles avaient cousu dans un des plis de sa robe deux médailles, l'une de la Sainte-Vierge et l'autre de saint Joseph. — Un jour, une religieuse fit tomber la conversation sur saint Joseph. — Saint Joseph, reprit la dame protestante, je ne connais pas cet homme, je ne l'ai jamais vu. — Comment, repartit la sœur, vous êtes dans une maison dont vous ne connaissez pas le maître ? Et ouvrant son livre d'office, elle lui présenta l'image de saint Joseph. — Oh ! qu'il est bien ! dit-elle en le contemplant ; mais qui est-il ? La bonne sœur le lui expliqua de son mieux. Et voilà qu'à sa grande surprise, la dame prend l'image, la baise avec respect et demande à la garder. A partir de ce jour, elle n'avait d'autre consolation que d'entendre parler de saint Joseph, de se faire raconter la vie qu'il avait menée, les vertus qu'il avait pratiquées. — Elle avait un jeune fils que des amis pieux portaient au catholicisme. Il vint demander à sa mère de faire son abjuration, qui était fixée au 1er mai. Elle y consentit de grand cœur. A peine l'avait-il quittée, qu'elle fit appeler l'aumônier de la maison : Monsieur, je veux être catholique, je veux être baptisée en même temps que mon fils ; ayez la bonté de m'instruire. On l'instruisit, on la prépara, et le 1er mai, on voyait la mère et le fils au pied de l'autel de saint Joseph, mêlant leurs larmes à l'eau sainte qui coulait sur leurs fronts, faisant profession de notre sainte religion, et le dernier jour du même mois, nos nouveaux chrétiens faisaient leur première communion et recevaient ensemble le sacrement de la Confirmation.

Heureux ceux qui font connaître et heureux ceux qui connaissent bien saint Joseph!

PRIÈRE

Oui, saint Joseph, glorieux Patriarche, nous comprenons que notre siècle a besoin de votre protection pour guérir son mal et opérer son salut. Nous vous aimerons donc plus ardemment, nous vous prierons avec plus de confiance, et nous enseignerons aux autres à vous aimer et à vous prier. Veuillez, en retour, nous bénir tous, ô notre bien-aimé Patron. Ainsi soit-il.

TRENTE-UNIÈME JOUR

Pratiques en l'honneur de saint Joseph.

PREMIER POINT. — *Pratiques de chaque jour.* — Arrivés au terme de ce beau mois de mars qui nous a procuré tant de consolations, que nous reste-t-il à faire, âme chrétienne, sinon de clore nos pieux exercices par des résolutions pratiques qui nous aideront à persévérer dans le culte d'amour et de vénération que nous avons voué à saint Joseph. Eh bien! chaque jour nous réciterons une prière en l'honneur de notre saint Patron, celle qui conviendra le mieux aux inspirations de notre piété. Nous contracterons l'habitude de prononcer matin et soir les trois noms de *Jésus, Marie, Joseph*. Ces noms bénis seront pour nous comme une oraison jaculatoire que nous redirons dans la journée, et plus spécialement dans les moments de tentation et de danger, ou bien lorsqu'il s'agira d'accomplir un sacrifice qui coûtera davantage à notre esprit, à notre cœur ou à nos sens. Sainte Gertrude vit les habitants du Ciel incliner la tête en signe de révérence au moment où ses religieuses, récitant l'office en chœur, proféraient le Nom de Joseph. Représentons-nous notre ange gardien s'inclinant aussi de respect et d'amour chaque fois que nous prononçons dévotement ce Nom béni.

Deuxième point — *Pratiques de chaque semaine.* — Choisissons avec la foule des chrétiens dévoués au culte de saint Joseph, le *mercredi* de chaque semaine pour rendre à ce grand Saint un spécial hommage. Le vendredi appartient au Sacré-Cœur, le samedi à la Très-Sainte-Vierge, mais le mercredi est consacré à saint Joseph. Entendons la messe ce jour-là en son honneur et faisons la communion spirituelle si nous n'avons pas le bonheur de communier réellement. Notre-Seigneur fit connaître à une sainte la satisfaction que lui donnent ces communions spirituelles, en lui montrant deux vases précieux, l'un d'or, l'autre d'argent, et lui disant que dans le vase d'or il conservait ses communions sacramentelles, et dans celui d'argent ses communions spirituelles. Faisons aussi chaque mercredi quelque acte de mortification intérieure ou extérieure, quelque aumône ou toute autre bonne œuvre en l'honneur de saint Joseph.

Troisième point. — *Pratiques de chaque année.* — Nous serons fidèles tous les ans à l'excellente pratique de la célébration du

Mois de saint Joseph. Que de consolations il procure, que de grâces il apporte, ce Mois béni. Ces pieux exercices nous aideront à bien sanctifier le carême, à remplir le devoir pascal et nous prépareront au beau Mois de Marie. Nous prendrons quelques jours durant ce Mois pour nous recueillir davantage et faire une petite retraite. Nous nous ferons un pieux devoir de nous préparer par une neuvaine à la belle fête de saint Joseph et nous nous rendrons dignes de communier en son honneur. Si Dieu nous en inspire la pensée et nous en fournit les moyens, nous ferons ce même jour trois petites aumônes : à un vieillard, à une femme et à un enfant, en l'honneur des trois membres de la sainte Famille.

Telles sont, âme chrétienne, les résolutions que nous prenons ensemble au pied de l'autel de saint Joseph, en terminant nos saints exercices. Puissions-nous les garder avec courage et persévérance! Elles seront pour notre bien-aimé Père et Protecteur le gage de notre amour et de notre dévouement, et pour nous la source d'abondantes

bénédictions. Déposons-les respectueusement entre ses mains et prions-le de nous
obtenir la grâce d'y être fidèles.

EXEMPLE

Une petite paroisse du diocèse de Lyon se rappelle
encore avec bonheur les exemples d'édification qu'elle
a admirés, pendant de longues années, dans la personne d'un vertueux vieillard, mort en 1859, à l'âge
de 86 ans. Ce bon chrétien avait toujours eu une
grande dévotion à saint Joseph; il s'adressait tous
les jours à lui pour obtenir la grâce d'une sainte
mort. Il récitait à cette fin de ferventes prières en
son honneur, matin et soir.

Tous les mercredis il jeûnait et faisait une aumône.
Chaque année, il communiait dévotement le 19 mars,
fête de saint Joseph, et il appelait ce jour le plus
beau jour de sa vie. Admirable effet de la prière et de
la persévérance! La grâce d'une bonne mort, de-
mandée plus de cinquante ans, pouvait-elle être refu-
sée? Elle fut accordée, et d'une manière bien frappante. Le 15 mars 1859, notre bon vieillard tomba
malade. Il demande et reçoit les sacrements avec
tant de foi et de ferveur, qu'il édifie tous ceux qui
assistaient à la cérémonie. Le 19 mars, il fait célébrer
une messe en l'honneur de saint Joseph et demande
qu'on récite près de son lit les prières des agonisants.
Le prêtre venait de terminer la consécration, quand
le malade, levant les yeux au Ciel et croisant les bras

sur sa poitrine, prononce distinctement les noms de
Jésus, Marie et Joseph, et rend doucement le dernier
soupir. Son âme quitte sa dépouille mortelle au moment où le prêtre allait demander à Dieu pour elle et
pour les âmes des fidèles qui nous ont précédés, le
lieu du rafraîchissement, de la lumière et de la paix.

Oh! la belle mort! mais n'oublions pas qu'elle est
la récompense de cinquante ans de prières et de persévérance dans la dévotion à saint Joseph. Persévé-
rons aussi, ne nous lassons jamais d'aimer, d'honorer
et d'invoquer le virginal Epoux de Marie et nous ob-
tiendrons sûrement la couronne; car il est écrit que
celui qui persévèrera sera sauvé.

CONSÉCRATION A SAINT JOSEPH

Glorieux saint Joseph, digne entre tous les saints
d'être vénéré, aimé, invoqué à cause de l'excellence
de vos vertus, de l'éminence de votre gloire, de la
puissance de votre intercession, je viens me jeter à
vos pieds une dernière fois en terminant ces pieux
exercices, pour me consacrer à vous entièrement et
pour toujours. — En présence de l'adorable Trinité,
de Jésus, votre Fils adoptif, de Marie, votre chaste
Epouse et ma tendre Mère, je vous consacre mon esprit,
mon cœur, mes pensées, mes sentiments, mes sens,
mes actions, tout ce qui est en moi et ma vie entière.
Je vous consacre ma famille, mes parents vivants et
défunts, mes bienfaiteurs et mes amis, les justes et les
pécheurs, les pauvres et les affligés, les malades et les

agonisants. Je promets fermement, ô mon bien-aimé Père, de ne jamais vous oublier, de vous honorer tous les jours de ma vie, et de faire tout ce qui dépendra de moi pour propager votre dévotion. — Daignez, je vous en conjure, mon puissant Protecteur, me recevoir au nombre de vos plus dévoués serviteurs. Assistez-moi tous les jours de ma vie ; ne m'abandonnez pas à l'heure de ma mort, et obtenez que je règne un jour avec vous dans la gloire et le bonheur du Ciel. Ainsi soit-il.

LITANIES DE SAINT JOSEPH

Dieu le Père tout-puissant, notre Créateur, faites-nous miséricorde.

Dieu le Fils, notre Rédempteur, ayez pitié de nous.

Dieu le Saint-Esprit, notre Sanctificateur, ayez pitié de nous.

Sainte Trinité, un seul Dieu, ayez pitié de nous.

Sainte Marie, Mère de Dieu, Epouse de saint Joseph, priez pour nous.

Saint Joseph, Epoux de Marie,

Saint Joseph, nourricier du Verbe incarné,

Saint Joseph, coadjuteur du grand Conseil,

Saint Joseph, homme selon le cœur de Dieu,

Saint Joseph, fidèle et prudent serviteur,

Saint Joseph, gardien de la virginité de Marie,

Saint Joseph, doué de très-grandes grâces,

Saint Joseph, très-pur en virginité,

Saint Joseph, très-profond en humilité,

Saint Joseph, très-sublime en contemplation,

Saint Joseph, très-ardent en charité,

Saint Joseph, qui avez été déclaré homme juste par le Saint-Esprit,

Saint Joseph, qui avez été divinement instruit du mystère de l'Incarnation,

Priez pour nous.

Saint Joseph, qui avez eu sous votre protection le Seigneur des seigneurs,

Saint Joseph, qui, durant tant d'années, avez eu la vie de Dieu même pour règle de la vôtre,

Saint Joseph, qui avez vu avec Marie, dans les actions de Jésus, tant de secrets inconnus au reste des hommes,

Saint Joseph, fidèle imitateur du grand silence de Jésus et de Marie,

Saint Joseph, qui avez été inconnu aux hommes et connu de Dieu seul,

Saint Joseph, qui tenez le premier rang parmi les patriarches,

Saint Joseph, qui êtes mort saintement entre les bras de Jésus et de Marie,

Saint Joseph, qui êtes récompensé au ciel d'une gloire toute particulière,

Saint Joseph, père et consolateur des âmes affligées,

Saint Joseph, protecteur des pécheurs pénitents,

Saint Joseph, très-puissant pour nous secourir dans les périls de la vie et à l'heure de la mort,

Priez pour nous.

Par votre enfance, écoutez-nous, Jésus.

Par l'intégrité de votre sainte Mère, purifiez-nous, Jésus,

Par la fidélité de saint Joseph, protégez-nous, Jésus.

Agneau de Dieu, qui effacez les péchés du monde, pardonnez-nous, Seigneur.

Agneau de Dieu, qui effacez les péchés du monde, exaucez-nous, Seigneur.

Agneau de Dieu, qui effacez les péchés du monde, ayez pitié de nous, Seigneur.

℣. Priez pour nous, bienheureux saint Joseph ;

℟. Afin que nous soyons rendus dignes des promesses de Jésus-Christ.

ORAISON.

O Dieu, dont la Providence a donné saint Joseph pour nourricier à votre Fils unique et pour gardien à la Sainte-Vierge, sa Mère, faites, nous vous en conjurons, qu'il soit notre gardien et notre protecteur, et accordez-nous, par son intercession, la grâce de mourir entre vos bras de la mort des justes : par Jésus-Christ Notre-Seigneur.

Prière à saint Joseph pour obtenir la grâce d'une bonne mort.

Grand saint Joseph, qui êtes le modèle, le patron, le consolateur des mourants, je vous demande aujourd'hui votre protection pour le dernier instant de ma vie, pour ce moment terrible où je ne sais si j'aurai la force de vous appeler à mon aide. Faites, je vous en conjure, que je meure de la mort des justes. Mais afin que je puisse espérer une si grande grâce, obtenez-moi de vivre comme vous en la présence de Jésus et de

Marie, et de ne jamais blesser leurs regards par les
taches hideuses du péché. Que je meure dès ce moment à moi-même, à mes passions, à mes désirs terrestres, à tout ce qui n'est pas Dieu, afin de vivre uni-
quement pour Celui qui est mort pour moi. Jésus,
Marie, Joseph, c'est dans l'espérance de votre secours
et sous vos auspices que je prends ces résolutions;
soyez-moi propices maintenant et à l'heure de ma mort,
et faites que j'expire en prononçant vos doux noms.
Ainsi soit-il.

Salutation à saint Joseph.

Je vous salue, Joseph, plein de grâces; Jésus et
Marie sont avec vous; vous êtes béni par-dessus tous
les hommes, et Jésus, le fruit de votre sainte Epouse,
est béni.

Saint Joseph, Père nourricier de Jésus, Epoux de la
bienheureuse Vierge Marie, priez pour nous, pauvres
pécheurs, maintenant et à l'heure de notre mort. —
Ainsi soit-il.

Memorare de saint Joseph.

Souvenez-vous, très-chaste Epoux de Marie, ô mon
aimable Protecteur saint Joseph, que l'on a jamais

entendu dire que quelqu'un ait sollicité votre protection et imploré votre secours sans avoir été exaucé. Animé de la même confiance, ô mon bien-aimé Père, je cours, je viens à vous et, gémissant sous le poids de mes péchés, je me prosterne à vos pieds, et me recommande à vous avec ferveur. Ah! ne méprisez pas mes prières, ô fidèle Gardien de Jésus, mais écoutez-les avec bonté et daignez les exaucer. — Ainsi soit-il.

(300 *jours d'indulgence.*)

Invocation à Jésus, Marie et Joseph.

JÉSUS, MARIE, JOSEPH,
Je vous donne mon cœur, mon esprit et ma vie.

JÉSUS, MARIE, JOSEPH,
Soyez mes défenseurs pendant mon agonie.

JÉSUS, MARIE, JOSEPH.
Qu'en paix mon âme expire en votre sainte compagnie.

(300 *jours d'indulgence.*)

TABLE DES MATIÈRES